前卫建筑师 俞杰

（韩）建筑世界杂志社 编

黎恋恋 李 健 译

天津大学出版社

天津市版权局著作权合同登记
图字:02—2001—239

责任编辑 高亚洲

图书在版编目(CIP)数据

前卫建筑师俞杰/韩国建筑世界杂志社编.—天津:
天津大学出版社,2002.1
ISBN 7-5618-1546-8

Ⅰ.前… Ⅱ.韩… Ⅲ.建筑设计-作品集-韩国
Ⅳ.TU206

中国版本图书馆 CIP 数据核字(2001)第 098511 号

出版发行	天津大学出版社
出 版 人	杨风和
地 址	天津市卫津路 92 号天津大学内(邮编:300072)
电 话	发行部:022-27403647 邮购部:022-27402742
印 刷	北京人教方成彩印厂
经 销	全国各地新华书店
开 本	930mm×1260mm 1/16
印 张	15.5
字 数	546 千
版 次	2002 年 1 月第 1 版
印 次	2002 年 1 月第 1 次
印 数	1—3 000
定 价	108.00 元

俞杰

序　言

　　这套建筑师个人专辑之所以冠名为"前卫"，并非为追求时髦。我想其用意无非是想要强调在这一批建筑师的身上所反映出来的或多或少的"敢为人先"或"走在前面"的气质而已。

　　收录在这套专辑中的建筑师，涉及的范围和时间跨度较大，既有早已去世的西班牙建筑师安东尼奥·高地，也有目前正活跃于世界建筑舞台的瑞士建筑师马里奥·博塔及韩国建筑师柳春秀等等。他们的共同特点都是勇于创新，不愿意模仿或重复他人。例如安东尼奥·高地，就不能简单地将他的设计归类于传统建筑或限制在某种明确的风格之中，也不能把他看成是某位大师的优秀追随者。他通过自己的思考和探索，提出了"创作就是回归自然"的格言，被人们誉为用建筑表达思想的哲学家。即便是深受柯布西耶等现代主义大师影响的马里奥·博塔，也没有让自己的思想受到束缚，而是立足于本国的地方传统，逐步形成了带有明显个性特征的独特风格，使人感受到建筑的地方性特色的强烈感染力。

　　客观地说，由于建筑师本人所处的文化背景以及个人经历的不同，在他们身上不可避免地会带有鲜明的个性特征，其风格的形成也不是一个短期的过程。如果仅仅只凭其一项或几项作品就对其做出评判，难免陷入"盲人摸象"的误区。只有将他们的主要作品按照时间顺序加以整体性观照，才有可能建立起尽可能完整的总体印象，也才有可能较为全面地了解他们的思想方式及其具体创作活动的发展过程。这套个人专辑正好可以为我们提供这种便利。它并不只是选取这些建筑师最为人熟知的得意之作，而是汇集了他们在不同阶段的多项作品，尽管其中有些作品带有明显的摸索痕迹，但却不会对这些建筑师的形象产生丝毫的影响，反而会让人感到更为真实。

　　既有建筑师本人的观点(论文、访谈或评介)，又有编年式的作品简介，是这套个人专辑所具有的一大特点，它可以使读者对建筑师的思想与作品在反复对照中加深理解，这是任何权威的评论都无法比拟的。

　　认识他人，才能真正认识自己。在境外知名建筑师即将越来越多地参与我国建筑设计市场竞争的形势下，静下心来，对国外同行的创作特点及其演化轨迹进行尽可能深入的了解，也许比浮光掠影似地"寻求灵感"或走马观花似地"参观考察"更有助于学习建筑的真谛，看清目前存在的差距，从而增强自身的竞争力。这也正是这套个人专辑的价值所在。

　　是为序。

杨昌鸣

识于天津大学建筑设计规划研究总院

目　　录

方　案

附　录

1994. 11.

墙的故事

有形的墙很多，
无形的墙也很多。
住家外的墙，
村庄外的墙，
老城外的墙，
公园外的墙。

如同名门世系筑造的墙
渗透着严谨的学风一样，
不同地方的墙渗透着不同内涵。
我们是否应推翻那些古墙，让新砌的墙
取而代之？

有关墙的故事很多，
那是些自然而古老的传说。
汉城，据说就是山水构筑的城市。
我们是喜欢山呢，还是惧怕它？

古老汉城的创建，距今已有600年，
今天的许多生活哲理仍能在历史长河
中觅到踪迹。
这古老的历史是丰富了我们当今的生
活，还是成为了我们当今生活的桎梏？
我们是该虔诚地信奉它，
还是该摆脱它的束缚？

我要在钟楼上筑起城墙，
我要在北岳山上建起大厦。

文　章

让我们开始未来之行

去年秋天我去全州大学参加了由我设计的新学院礼堂的起用仪式,并且借此机会参观了金东修在正邑的老宅。自从一位爱好老宅摄影的朋友极力向我推荐去参观一下,有很长一段时间我一直期待着去那里看一看。我没有费多少工夫便找到了它,一路上还欣赏了秋季的乡村美景。

到那以后我按照标识从后门进入,又沿着围墙漫步到房后,这时一股污浊的空气迎面扑来,原来紧挨着围墙有一个牛栏,里面还养着几十只牛。

牛栏的景象使我略感失望,而小门后的景象更令我失望。会客的厢房、主建筑和佣人房之间的一部分围墙已经破损掉,其他的围墙都已坍塌。屋顶上覆盖着粗糙的瓦片,梁柱、木地板由于裸露在空气中而褪色,贴在门上的纸已撕裂开,并粘满了灰尘。

显然这里很长时间没有人居住了。这座老宅的建造缺乏想像力,空间布局缺少连续性和间歇性,让人感受不到浓厚的立体空间氛围。在十年前我参观河回村的时候有过类似的经历,那也是一些有思想的建筑师一致推荐给我的。然而,那里除了带有尘土的风和古老的幽灵以外别无其他。为此,我对艺术家、作家或建筑师们产生了深深的怀疑,还有那些专注于创造性的工作或所谓对现实有独到见解的知识分子。

他们经常试图从现实中脱离开来,继续遵循着过去的传统。他们沉浸于流逝的岁月,而且由于宗教、历史、个性的缘故而将自己孤立起来。过去的岁月又给了我们什么呢?

在日常生活中能够派得上用场的遗产实在少得可怜,更何况还有一些值得一用的为数不多的遗产被摒弃了,或者干脆被固封在记忆之中了。在多数情况下,我们对于传统遗产的认知也只停留在怀念和幻想阶段。我们对逝去的岁月的感情类似于不惜违背昏迷中的父母或亲人的意愿也要延续他们的生命,希望他们苏醒过来,做完他们想做的事,但这种愿望却不可能实现。

而那些脱离现实、只会做白日梦的知识分子并非少数,相反他们却是引导我们意识和文化观念的主流,对此我感到很失望。在时间上他们的思想侧重于过去,常被称为历史主义;在空间上他们又被称为封闭而且颓废的民族主义。

在知识分子之中,如果某人对某事的细节过于苛求,他或多或少都会被认为是无知的人;如果他比年长的人或领导先做完事情,就会被视为不敬。而且,当他自己做完某件事情,而不是和全体共同完成时,他就会被视为造反或背叛。

过多苛求细节被视为是无人情味的，而默默地去理解对方被认为是正确的。

一些人也许会说我们的社会是一个理想的社会，但从另一个角度来讲这又是一个充满谬误和幻想的社会。所以，在这个社会里可以找到许多有着共同幻想的人。当他们从共同的幻想中醒来的时候，他们又去寻找那些有着共同幻想的新伙伴，并且又重新开始了幻想。他们为表现出仁慈、礼貌或和善而在一起或分开，或者由于错误的价值观而站在了同一侧。实际上，他们把这种价值观当做一种借口是因为缺少面对现实的勇气。

历史作为珍贵的遗产可以使我们的生活变得更加丰富。但是，在历史进程中所形成的习俗和偏见也会成为我们走向未来的障碍，我们的生活也会变得贫乏。

在韩国的现代史中，后一现象居多。有很多情况说明：当来自国外的力量迫使我们与往事脱离的时候，我们自己却无法摆脱与往事的纠葛。

这些国外的力量是指日本殖民统治、西方化和民族相残的动乱。

这些事件使我们与残留不全的往事分离开来，并且毁掉了大部分往事留给我们的回忆。在某种程度上可以说是它为使我们将过去抛于脑后而付出高昂的代价。

我们原以为可以通过拆毁国会大厦并花钱重建景福宫来找回民族自豪感，而且还曾自负地认定只要拆毁那些可以俯瞰南山的外国人公寓就可以使汉城成为国际化大都市。正是无知与虚荣令我们付出了高昂的代价，而这些付出却是无意义的白白浪费的行为。

我们仍继续为在过去中的徘徊而付出着高昂的代价，而且没有人知道我们还要为此付出多少。

我们的社会受制于周围环境的现状还会有多久？来自这个社会外部的要求给了我们一次机会来处理落伍的思想和模式。这次机会要付出高昂的代价。但如果我们将其转变为对未来有价值的投资，相信有一天，它将变成未来赐予我们的一份祝福。

我们不应该在这种状态中继续工作下去了。我们需要抛弃虚构的事实，辨明是非曲直，并以此来完成我们的工作。我们应该着眼于将来而不是沉迷于过去，并且要创造出有实际内容的东西而不只是拘泥于事物的形式或表面。

现在对于我们所有人，特别是那些规划着人类生活空间的建筑师而言，是该具备把握现实世界能力的时候了，而且不能总走在朦胧的蔷薇色中，全盘接收现实的勇气是必不可少的。

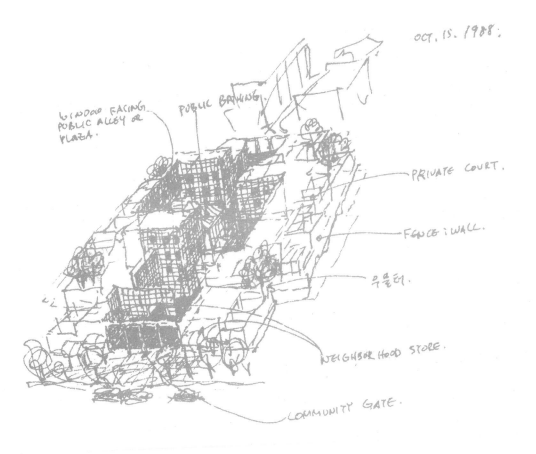

OCT. 15. 1988.

WINDOW FACING PUBLIC ALLEY OR PLAZA.

PUBLIC BATHING.

PRIVATE COURT.

FENCE : WALL.

우물터.

NEIGHBORHOOD STORE.

COMMUNITY GATE.

塑造韩民族特色

1969 年，我计划移居美国，于是卖掉了房子。我的房子与我朋友的房子肩并肩紧挨在一起。我的房子的中央楼梯旁环绕着天窗，房子的四层楼是相连的，其中两层分为卧室和浴室，其他楼层采用了开放式的空间结构。那时，我在家从事建筑创作。我的一些同事和后辈们常与我一起，弹弹吉他或喝咖啡，待得很晚。他们听说我要卖房子，都自发地为我推销起来，就好像他们是名副其实的经销商一样，一切看起来都很乐观。经销商是这样的年轻人，自然那些来看房子的也是一些刚刚结婚或即将举行婚礼的年轻人。尽管房子不大，但其不同寻常的布局、舒适的感觉和开放的内部空间吸引了他们。他们中的很多人离开时非常兴奋，好像会马上回来签合约。随着事情的发展，年轻人带着最终付款人——他们的父母，一道回来重新看房子。因为内部布局是全开放式的，所以他们的父母没有必要去看完屋子的每一个角落。

只是向屋子里扫了一眼之后，他们的脸上挂着些吃惊、彷徨的表情。在得知这所房子是我所设计的并且我是房主时，他们谨慎地发表意见以免伤害我的自尊心。他们只是说"这个房子设计得很有趣"。那些想与我继续谈谈这房子的人则会问"这种风格是法国式的还是意大利式的"。实际上我从没有考虑过这个问题，所以在回答他们时总是略显迟疑。

我的房子并非是按照我所掌握的建筑模式设计的，而是想使其拥有一种与众不同的风格。在与一位教授交谈时，他认为我的建筑风格是"反韩式"或"反传统式"的。因为我从未想过会受到如此的评价，所以他的一席话令我的心不由一颤，而且还多少感受到些许讽刺的意味，但想想看，他的评价也很有趣。

所谓的"反韩式"或"反传统式"到底是什么意思，到底哪类建筑属于"韩国式"，哪类建筑属于"传统式"，这些问题我也未曾想过。但还是要用此来对我的建筑风格加以评论的话，我倒是需要再进一步地思考一下了。

人们在认识建筑时往往有一种很强的倾向感，那便是依据建筑的形态和形式来判断建筑的风格。我们不仅依据建筑的形状判定建筑精彩与否，还用同样的方式来给"韩式建筑"下定义。传统建筑的屋檐边上的曲线和它的阴影提示着我们那便是"韩式建筑"的显著特征。独立纪念馆、景福宫的博物馆以及在商业建筑周围和古庙附近建造的民宅无不体现着典型的"韩式建筑"风格。为了美化房屋的外观，由木头、泥土、瓦砾建筑而成的房屋现在加入了混凝土。尽管我们的国家现在处于金融危机之中，政府和个人仍旧认为有可供他们花费的货币，因此他们可以极为自豪地使用与过去相同的建筑材料和技巧。他们认为应以那样的方式来保持文化至高无上的地位。如果"反韩式"或"反传统式"的建筑风格仅仅讨论的是建筑形式的话，我的设计无疑是"反韩式"或"反传统式"的。韩国的建筑风格与韩国人对自然的理解有着极强的联系,对自然的认识是韩国人思想中最基本的东西。我们把自然看做是最完整的模式,并把每一件事与之相比较,而且我们渴望回到大自然中去,并服从于大自然的力量。因此,我们避免在山顶上建造房屋,而把房屋建造在山谷深处,以免破坏大自然,并尽量与其和谐相处。大自然的价值被看做是一切事物的基础,我们将自然看做是最宁静、最完美的事物。这一点在我们的美学观点中有很好的体现,自然就意味着美好和美丽。实际上,当一个建筑被认为是矫揉造作之物的时候,它可以被理解为失真和丑陋。正因为传统的韩国建筑上的屋檐边线是大自然的线条,所以韩国的古典建筑才是美丽的。我们甚至相信山川拥有其内在的东西和自己的力量,能支配我们的生活。所以,不论是现在活着的人还是将走向坟墓的人,都渴望能置身于与山川通灵的地方。如果运用此种线条的建筑属于"韩式"或"传统式"建筑的话,那么我一直致力于的建筑便属于"反韩式"或"反传统式"的了。

毫无疑问,对于我们人类来说自然是最主要的,而且是具有决定性的。自然可以转变为珍贵的珠宝,也可以变成无用的石头,这一切取决于我们如何利用自然。开发和利用自然是我们的责任,我们不能仅仅对大自然持观望或崇拜的态度。屈服于自然或与自然和谐相处的想法削弱了我们控制和利用自然的能力。为了保护自然,我们不许人们进入花园,或在山脚下竖起许多禁止上山的标牌。但是从另一方面来看,我们却在发展住房、卫星城市或建造工厂时破坏了自然。

令人感到讽刺的是我们保护和服从于自然的本意反而对自然是一种损害。

我也曾考虑过盛行"韩式"、"传统式"建筑风格的那个社会的状态。首先,我们应该意识到那样的社会状态与当今以自由民主为基调的社会状态是大不相同的。在那个社会时代,人生的意义仅在于孝忠于皇帝、为父母尽孝道,且男女七岁起便不许呆在一起,而贵族拥有大量的仆人为他们做日常工作。因此,在很多情况下我们所能感受到的只是日复一日地重复。吃饭和喝水也要极其文雅,休息与其说是为了缓解疲劳,还不如说是一种感官上的享受。简要地说,就是靡烂的奢侈之风。

既然那是时代的社会结构的反映,就没有必要来辨别它是正确的还是错误的。事实上我有点喜欢这种藏于那个时代建筑中的情感,我的建筑风格如果是因为缺少这种情感而被认为是"反韩式"或"反传统式"的话,那么对此我并不持反对意见。在某种方面我过于个性化了。我讨厌和别人一样,并且十分清楚我不可能和别人一样,那也是为什么我不愿意和别人相提并论的原因。在我们的社会中有一种消除个性化的力量,教育的整体化过程是消除个性、实现统一的道路,它是一种用一个标准判断每一件事情的过程。所有报道的新闻都是为社会化准备的。在整个国家里发生的不论是好的还是不好的事情,人们总是把更多的注意力放在群体中的完全相同的个体上,而不是放在群体中的有创造性的个体上。学术体制、整个社会完全相同,文化就显示不出不同点。那么我的设计被认为是"反韩式"或"反传统式"的,也就不足为怪了。

无论如何,我的设计既非"美国式",也非"法国式"。用国家的风格来对建筑水平作出评价是不正确的,例如将其归结为"韩国式"或"美国式"。如果认定一个人的建筑极具"韩国式"或"传统式"建筑的特征,那么这种认定肯定是拘于形式的。认为建筑仅是为了使用而存在是大错特错的,建筑作为形态的最终结果表现出来,体现的是蕴藏于其中的内涵。内涵是产生具体形态的源泉,而且它与周围的环境有着密切的联系。正是基于此,在大多数情况下将建筑评为"韩国式"或"传统式"是无意义的,而且往往以争论收场。虽然这些"韩国式"、"传统式"的用语会吸引人的注意,但实际上它是有害的。它并未拥有任何实质的东西,但却有着极大的影响。我的信条是我们应该脱离开"韩国式"或"传统式"的观念,以便创造出更适合当今时代的韩国人自己的环境。为了创造出我们自己的特性,该是扔掉"韩国式"的思想观念的时候了;为了使这个国家更好地发展,该是抛弃掉所谓传统认知的时候了;为了韩国的成长,该是抛弃"传统"的时候了。

陷于表面的谬误

韩国人对于他人的评价极为敏感，虽然在具有悠久历史和稍微复杂点儿的社会中这种敏感性很常见，但是韩国人在这一方面却显得尤为突出。去年年底首份刊登在报纸上的关于国家金融危机的报告写到："我们面对外国人时一定会感到很羞愧。"或者："这对整个国际社会都是一个耻辱。"人们在社论中可以经常见到这类话语。尽管这对于我们来说是重大、紧急的事情，需要采取紧急的行动，但是我们似乎更加注重别人的看法。这种倾向在我们的日常工作的每一个地方都能见到。当一个政客与另一个政客相遇时，他们更关心的是外交礼节，而不是要讨论的话题，这样可以保全他们的面子。

当我们被要求不能在大街上吐痰或乱丢烟头的时候，我们遵守这些规定，那并非因为我们要保持街道干净，而是因为更发达的国家是这样做的。

这种只顾面子或事物表面的态度深深植根于我们的思想之中，而且已经有很长的一段时间了，结果我们很自然地将判断事物的标准定为只看表面。我们对事情的评价是如此依赖于事物表面。当我们对某种事物有足够的了解时，事物在很多情况下并非它们看上去的那样，这也就显示出了我们的无知。反之亦然。实际上，今天国内金融危机的爆发在很大程度上是由我们的虚荣造成的。这种只顾表面而不管内在的行为，在道德上和宗教上都是伪善的。并且，由于不分时间和地点不协调地出现，且缺少本质的东西，所以不可能有本身的信念或特点。然而，这种肤浅的、表面的东西却主宰了韩国人的日常工作。一方面，我们在拼命地憎恨和抵抗奢侈的生活；另一方面，当你开着一辆豪华的进口轿车时，总是有人乐于为你打开车门，并且以极大的好感接待你。仅为保存颜面而做的打扮通常伴有名牌设计师设计的服装、手提包和名牌化妆品以及豪华公寓和进口轿车。当其中的一项从人们的口中蹦出的时候，绝大多数的人都会蜂拥地效仿，不论他们是否买得起。在金浦国际机场很容易就可以判断出谁是游客，因为他们通常都提着路易·威登牌高尔夫球包。

我还从未在国外的机场或高尔夫球场见过有人提着路易·威登牌高尔夫球包。如果这种行为只局限在穿着上，它所造成的影响还是有限的。但随着这种行为不断地扩展，它已经深入到这个国家的每一个角落，例如工业和学术界。学生们整夜地学习以便通过大学入学考试，从而获取更好的生活机遇。工程师和建筑师们辞掉了他们的工作而为资格证书的考试做着准备，还有那些为国家或律师业所规定的考试而做着准备的人们期望有一天能够得到更高的职位。这一切都是我们的社会只重视事物的表面，而不重视事物的本质所引发的结果。

这些不仅存在于我们的社会生活中,而且在建筑领域中也有所反映。

在过去的几十年中,我们建造了很多公寓住宅区和城市。为了解决住房紧缺的问题,在极短的时间里便建造了大量的住房。我们的资金和时间都非常匮乏,但是为了满足无家可归的人们的最低要求快速地建造住房,这在制造肤浅的东西上也起了十分重要的作用。70~100m² 的住房已经够大的了,100~130m² 的住房是为给别人看而建造的,而攀比的最终结果是建造了 250~280m² 大的公寓。

因为建造这样的住宅是为了让别人看的而不是出于使用目的,所以大部分的空间都被浪费掉了。在一段时间里建造者们为低收入阶层人们建造的私人住宅区内,斜屋顶的样式非常流行。这些房屋在建造初期采用的是平屋顶,然后在其上面加上斜屋顶。最后,为了美观又在屋顶上覆盖了瓦片。

低收入者的实惠型的住房为了美观而建造了两个屋顶。如果我们去名胜古迹观光游览的话,便可以看到在古庙附近建造的商业区和住宅区,那里具有韩国古典风格的建筑随处可见,但都是混凝土仿造的。在保存传统建筑的韩屋地区,例如仁寺洞和甲回洞,类似的情况也很多。如果去景福宫的话可以看到 20 世纪 60 年代模仿传统建筑建造的多层博物馆和 90 年代设计的临时博物馆,它们都是用混凝土建造的,并且都仿效了传统建筑的外观。模仿传统建筑的结构实际上是对其的传承。意料之外的是,在豪华公寓的建造中采用了法国式的双层斜坡屋顶,在昂贵的大厦的建造中采用了进口的屋顶瓦片。在建造屋顶不足三米的高级住宅时,地板和墙壁使用了适合于西方高屋顶建筑的大理石。在这些没有造型的地方工作真是糟糕极了,更不要说它们那些不相称的外观。问题的真正所在并不是这些房屋不吸引人的外观,而是这些房屋住起来也不舒服,而且空间使用率极低。更糟糕的是对使用上的不便和空间的低使用率无任何改进。在美学方面,既然它们都对仿造的外观感兴趣,那么外国式、韩国式就都没有什么分别了。对于年轻的建筑师来说,在韩国现代建筑史上有一件值得注意的事件。

由金寿根设计的富裕博物馆由于采用了日本的建筑模式而一直受到争议。这场争论不断升级,并且引起了广大公众和建筑师们的关注。就我所知,还没有哪次建筑事件引起过社会如此广泛的关注。

回过头来再看,有关富裕博物馆争论或对模仿韩国传统建筑风格的景福宫博物馆的评价揭示出我们对建筑的评判仅仅是依据其外表而不是依据其他方面。当所有的注意力都集中到了创造建筑的外表或就其外表而争论时,对建筑内涵的注意就放到了次席。

人们甚至将建筑看做是文化性的。在这样的思想中,文化也被看做是某种东西的外表,而且这种想法的倾向非常明显。

这也是为什么很多人对这场争论有错误理解的原因。他们甚至认为这场争论比韩国的建筑还重要。就建筑外观的争论并不是过去存在的全部问题。

对影响很多建筑师的后现代主义的争论，在本质上与对事物表面问题的争论是相似的。

我并不明白现代建筑学与韩国社会，或后现代建筑学与我们的社会有什么关系。不论是现代主义还是解构主义，在那些风格形成时的特定时代或社会条件中一定存在着很多问题。当具有相同风格的建筑在这个国家建起的时候，我们一定会面对那样的建筑风格最初建立起时所遇到的问题。

我强调的是外表后面的内涵比其表面的东西更为重要。我们会见到有很多的建筑空有华丽和优雅的外表，而室内设计却很平庸。这也解释了为什么我们从来不要可以看到内部空间的住宅。

对于一项工程的成本来说，首先考虑建造外观所用的原材料费用，而将内部装饰、机械体系、灯光照明的考虑放在次要的位置。将重点放在外观的式样而不是内部空间的塑造是一种缺乏理性的表现。现在是该将为看而建的建筑与有内涵的建筑区分开来的时候了。

尽管我曾经说过，建筑重在本质而不在表面，我也说过作为建筑师我们要大胆地走自己的设计之路，不要在意别人的说法。但是我必须重申的是，在建筑界，保持神志清醒，还是相当必要的。不要只求个人收获，也不要带着优越感，而是要以大众利益为先，考虑到他们的幸福。

在建筑学上，按自己所想的模式设计与大众的需求不是矛盾的。个人主义和利己主义是完全相反的概念。

如同在一个健康的社会中，个人主义是不可缺少的要素一样，一个好的村庄，也需要由有独特风格的房屋组成。

由相同的成员构成的团体并不是社会，我们可以拒绝成为这样的团体的一员。另外，我们应该成为对社会的成长有帮助的、起好作用的一分子。因此，建筑界同仁们，我真心希望我们能够建立一座拥有美丽生活的城市。

向传统思想挑战

当我们挑战自我以使自己提高时,总有一些事情阻碍我们。其中一些与我们多年来形成的习惯有关,另外一些与我们日常生活中的行为标准有关。这些习惯和行为标准存在于我们对美和自然的认识中,它们使我们的观念歪曲,并妨碍我们的行为。我们眼中的自然是完美的,这是我们对自然所持有的最基本的观点。对于我们尽力创造的一切事情来说,自然是完美的范例。既然自然是美,那么不自然的东西便意味着丑陋、不完美和不舒适。

对于我们来说,山川、田地和国家的气候总是好的。雨水可以浇灌田地,而且它不会对我们的生活形成威胁。也许,那就是我们认为自然是友好的原因所在。然而,在很多情况下,自然也是灾难性的,大海汹涌的巨浪、沙漠中灼热的阳光以及毁灭性的台风和地震。但我并非对大自然的美丽熟视无睹,我也无意去否定它。当我居住在三清洞的时候,每到四月总是盼望着樱花开放。我非常喜欢北汉山山顶的岩石,每到周末,我经常去远足,去领略山顶岩石的气势。但我还要指出,我们对自然的理解存在错误和危险性。大自然,无论美丽、丑陋、宏伟、舒适、危险,我们都要去感受、去装饰、去装点,因此它永远也不会处于完美的状态。我们视和谐为一种美感,那也是我们尽力使我们的房子与周围环境和谐一致的原因。我们经常去朝拜的庙宇在大山之中,它与周围的山和谐一致,与自然融为一体,我们到那里是去享受自然。作为一种真正的和谐,日常生活中和思想中的和谐对我们来说很重要。在公众中不居高临下,而是和别人和谐相处,这就是一种美德。

就社会准则而言,和谐即是美德的体现,是一种真正的美。这些观念深深地植根于我们对自然的理解之中。有人选择住在大山之中,那里提供给人类充足的空间。

我想指出当今这个时代与佛教庙宇建成的那个时代已大不相同了。实际上,就我的专业而言,有很多情况下我在处理如何与自然或周围环境和谐相处时失去了很多东西。当小山环绕的住房是杨槐的安家之处时,当需要建立一个阴凉的地方来驱走炎热时,当住房的周围是交通拥挤的街道时,当现存的空间对于生活太过狭窄而需要额外的空间时,当大量人口需要普通公寓时,我们是很难创造和谐的。在无和谐而言的环境中,和谐的真正意义又是什么呢?与周围的人和谐相处被认为是有良好的人际关系,他善良、和蔼、易于接近。但是现在没有任何特点、毫无观点和总是不出声的人,也开始被认为是能与人和谐相处的人。

事实上,我们对于和谐的观点是如此地一致。我们多年所受的教育就像是统一的洗脑过程。尽管大众传媒报道说,新生代自诩为不同的一代。他们需要的东西只不过是极其肤浅的,他们并未跨越旧的价值观。

我们希望与自然、现存的环境和谐相处,希望保护自然,但这存在着很多困难。可以在任何一个公园里看到这样的告示牌:"禁止踩踏草地",以此来保护草坪和公园。

　　为保护树木和大自然,"禁止入山"是更显著的标识。在这片百分之七十为山的土地上,仅仅看看这些山是不够的。走在狭窄而有限的田地和峡谷中,无所事事也是一种不负责任的行为。自然是一种物质,它的美在于我们如何利用它。我认为在大山上增修公路、建造房屋后,大山会更美丽。

　　在与自然和生活相协调的过程中,与自然和谐相处所产生的美降低了我们利用和丰富自然的能力。并且,我在想是否这一切削弱了我们在创造新的环境和利用资源时对自然的监控能力。在旅欧途中,我就曾看到过古城堡甚至村落坐落在小山顶上。

　　他们告诉我将村庄建在那样具有战略的位置上是为了抵御外敌入侵。然而,在没有外敌入侵的地方,仍能找到建在山顶的房子,这并不是什么困难的事。

　　其实眺望远景才是他们将房子选址在那个位置的原因。

　　这一点和他们在建设高速公路时横穿沙漠和高山等恶劣环境的道理是一样的。

　　习惯于在大山脚下建起我们的村庄,并与前面的小溪和谐融洽,很少试着将我们的房子盖在山上,即使科技的最新发展允许我们这样做,即使多建一些住房是当务之急的事情。

　　途经春川、原州、堤川,通往安东的中心高速公路还未建成,但它却是一项令我心动的工程。它穿越山川河流,南北贯通,甚至在还未完工的时候,他们便改变了自然。

　　我喜欢去仁王山远足,在那里,可以一览青瓦台和汉城。

　　现在越来越多的房子建在了较高的位置上。

　　我们没有理由生活在缺乏土地资源的地方,难道天空不是高有万丈、我们不是拥有无计其数的高山吗?让我们还是先忘了那些灵魂将在自然中升华的没有意义的话吧。

Aug. 9, '91

通过与美国建筑比较来理解韩国建筑

阿多波恩峰,科罗拉多

10年前,我住在丹佛时,应亚洲文化周的邀请就韩国建筑做了一次演讲,那是该市历史社团主办的年会的内容之一。我自知对韩国建筑知之甚少,所以决定与美国建筑对比来介绍韩国建筑。

自从那时开始,对韩国建筑进行对比分析便成了我最喜爱的题目之一。美国和韩国城市的形成以及两个国家对于墙壁、外侧围墙、屋顶、地板和屋门的理解相差很远,总体居住条件的差异便由此产生了。对那些建造房屋和城市的人来说,自然的因素一定对他们有很大影响。我将韩国建筑与美国建筑做了比较,以求更好地理解它们。

华严寺入口处全景

在这篇文章中,美国建筑在很多时候是"西方的"代名词,而韩国建筑则是"东方的"代名词。我同时要声明的是在这篇文章中所做的对比性的理解是建立在个人经验上的信条上,而非科学研究发展成的理论。

在韩国建筑的空间要素中,外部空间和院墙所起的作用比建筑的本身更重要。在传统的韩式建筑中,庭院是日常生活的场所,也是日常生活的中心。

院墙是必不可少的,它所起的作用就如同美国家庭中客厅所起的作用一样。当人们从女佣居室到厨房,或将饭桌从厨房移到男佣居室时,或从一个房间到另一个房间的时候,或邻居来访的时候,庭院便是这些活动必经的场所。为了建好庭院,必须要设有院墙。

思想者(罗丹)

庭院通常建在房屋之间、房屋和自然环境之间或房屋和院墙之间。庭院是一处与自然融为一体的空间,这也是韩国传统建筑不像美国建筑那样独立存在的原因。与韩国建筑恰恰相反,美国建筑是独立存在的,其外部空间与内部空间分离开来。

那么对自然所持的观点是什么呢? 对我们来说,自然意味着美好和完整;这也是我们不愿改变自然的原因。我们想与自然融为一体,并居住在其中。对于我们来说,自然本身就是和谐的。

班伽师遗像

住在丹佛的时候,我常去洛基山。起初,我将那些山与雪岳山作比较。我曾梦想去多彩的雪岳山,但在洛基山我找不到那些美丽的颜色。白杨树是那里最常见的树木,到了秋天就像银杏树一样,树叶变成黄色,并且使整个山谷都呈现出黄色。它的规模是如此之大以至人们很容易产生幻觉——整个世界都变成了黄色。

照片中的阿多波恩峰是洛基山脉的山峰之一。如果人们想要尽享其美景,要走到山顶才行,不过那可是段很长的路。

当乌云或大雾遮住眼前美景时,想爬到顶峰的兴致全无。至于那些经常出现的乌云,旅行的人除非从

杜邦堡公园

肯尼迪国际机场

表演艺术中心,丹佛

作家公园,丹佛

山顶快速下山,否则他们极有可能迷路,甚至在夏季也会冻死。

去年秋天,我到韩国南部旅行,在华严寺领略了大山的美丽,那神秘莫测的山雨和若隐若现的山雾更是为其增色不少。

大山在那里供我们欣赏,但从未激起我们要爬上山顶的欲望。另一方面,阿多波恩山也不是供人沉思默想的好地方。

要想观看大山的美丽,只有到达顶端才能全然领略其伟大。对于美国人来讲,大山、大海或自然界是征服的对象。自然界到处隐藏着危险,充满了野性与狂暴,因此需要人类去控制与驯服。在比较对大自然两种截然不同的理解之后,费城郊外的杜邦堡公园一直印在我的脑海中。在那里,作为天然资源之一的树木被剪成几何图形,例如圆锥形、圆柱形或其他形状,是人们控制自然的绝佳体现。

自20世纪70年代早期发生第一次石油危机后,我们对太阳能的重视与日俱增。

那个时候,惟一的想法是被动地使用太阳能,通过降低使用室内设备来节省能源。我认为白天在室内开灯或冬季给房屋的南侧降温都是对能源的浪费。

然而,美国人既不减低屋内设施的能源损耗,也不将墙与外部打通来采集自然光照。他们在寻找利用太阳能产生能源的方法用于内部制冷和照明。

当美国人在生活中遇到难题时,他们首先想到的便是改变周围居住的环境而不是使他们自己与周围环境相适应。这是他们一贯的态度,不仅对现实环境如此,而且对社会、政治、经济环境也是一样。

我们眼中的自然是完美的。我们与自然和谐相处是一种普遍被接受的观点,也就是既要与周围的地理环境相适应,又要与社会、政治、经济环境相融合。而且在改造环境之前,我们采取的态度是自我适应与自我调整。当我们试图改变社会来适应周围环境时,由于社会自身的特点和社会生态平衡被破坏,导致了社会的无序,而这又可以轻易弥补。我们对自然的态度在我们为房屋选址时便可以显示出来。在庙宇、宫殿以及普通民房的选址上很好地体现了我们想与自然和谐相处以及融入大自然的愿望,那也是传统房屋曲径通幽的原因。我们传统的房屋并没有居高临下的视角,但却可以总览周围的环境。

我们并不习惯美国人将房子建在高处以便俯瞰周围的做法,对将房屋建在道路的交口处以方便行走也不适应。

在美国旅游过程中或在新兴的城市里,道路顺山坡直上直下的现象十分普遍。在汉城江南新建道路时,也采取了相同的方法。开车在那样的道路直上直下地行驶使人产生一种奇怪的感觉。那也是如何面对自然和征服自然的一个例子。

总的来说，韩国人认为人的本性是好的，并且相信在很多情况下人类的关系可以和谐地发展，反之则是不同寻常的。然而，根据基督教的教义，西方人在道德上是腐败的。因此，他们不希望在自然环境里人们聚集在一起时一切毫无阻碍地发展，认定自己是自然的一部分，他们需要意识形态去克服这种观念。当有着不同意识形态的人呆在一起并形成一个整体的时候，他们要制订协定来维持秩序。

通度寺

继而，这样的一个团体发展成为协议性的团体，个人的意识形态和自由盛行，以公众的评判作为实施协议的手段。然而，在一个尊重人的本性的社会中，社会秩序的含义并非是公众评判，而是和睦与安宁，遵守社会秩序对于人们是极为重要的，外墙就显示了这种无形的社会风气。在他们的社会里一旦确立了规则的轮廓，具体的规则便显得不那么重要了，由外墙所环绕的建筑物便与外面的环境脱开了。对于韩国人来讲，集体观念是家庭的概念，个体观念对于传统的社会来说是陌生的。

炳山私立学校

外墙内的室内空间的特点与我们对整体概念的认识不约而同。韩国建筑并未将个人的隐私考虑进去，因此内部空间的分隔是非常少的。在韩国传统建筑之中，内部空间所起的作用并不大。

然而，在美式建筑中，建筑空间的主要因素是室内空间，而且与韩式房间的意义有所不同。这也是两种建筑中墙与门的作用不同的原因。在这个现代化和全球化的时代，两个国家对人类和自然的态度显示出截然相反的两种趋向，这将在后文中阐述。

正如前文所论述的那样，韩式建筑的主要因素是外部空间，因此，外墙是极为重要的，它所起的作用甚至比房屋本身还要重要，因为它能创造出更重要的空间。通常人们很容易产生误解，那便是先有房屋，然后再建外墙将整体封闭起来，但更为合理的想法是先考虑外墙的建造。外墙已经成了周围环境的一部分，在设计房屋时一定要将其考虑进去。大约20年前，公众对在城市里修建露天广场产生了兴趣，政府在广场里修建喷泉、安放长椅的同时还用铁制的富有艺术性的围栏替换下德寿宫的外墙。我还记得，在竞赛之后，铁制的富有艺术性的围栏被选中，因为它具有现代气息。尽管在铁制的富有艺术性围栏上装饰了一些五颜六色的现代图形，但是看上去它们总是显得有些不合适宜。如果评选者看到保存了20年的外墙后，就不会选铁制的富有艺术性的围栏，因为它既不会使宫殿更加明显，也不能使过路者感觉更加亲切。单是向外墙扫一眼，我们就能知道很多的故事。另一方面，我觉得景福宫的空旷一定是由于空间的未充分利用。假如拆除了所有花园的围墙之后，不难想像出它永远也不会是以前花园的样子。

韩式建筑的入口与美式的前门有相关之处。进入一所韩式建筑，要经过一个主(前)门。主门的位置是在转到另一个空间的过渡处的最高点，那也是为什么还要有内入口和后入口。由于建筑物的用途是多样的，大门的数量与特点也是多样的，考虑到这些大门入口的极大用途和使用频率，它们的形状同样也是多样性的。经过开放式的大门到前面的庭院和后面的庭院,神秘的气氛便由此创造出来了。

所以说通过门进出房屋也是一种经历。墙上的图案并不只起到修饰的作用。在一座完美的建筑物中它们占很大的比重。

现在我们可以看一下由外墙和房屋所组成的韩国建筑,例如洛仙宅的后花园,就是融入到自然中的部分空间。

人们对自然空间的感受几乎是人类的感觉所无法探察的。这种感受可在穿过由屋顶和外墙所构成的门时被吸收在漏斗形的花园中,仅仅用微小的内部空间揭示自然空间真是一种神秘的感受。和大山本身相比,我们对大山中形成的山谷更感兴趣。因此,雾气和云层更使山谷变得更加美丽。

在外部空间中,庭院是人们的日常生活中活动、聚集的地方,是韩国建筑中主要的实体。后花园供人们思考和休息。庭院则将外部生活的嘈杂挡在外面。外墙在后庭院中并非只是围墙而已,如果没有了这面墙,空间的特点将大相径庭。丹佛的现代艺术博物馆使我想起了地中海的古代城堡。这座博物馆是坐落在丹佛市政礼堂前的建筑物之一。由于这座建筑强调了围墙的作用,因此它是与韩国建筑中的围墙进行对比的极好例子。从丹佛现代艺术博物馆的窗户可以鸟瞰洛基山的全景,所看到的景色就如同展出的绘画作品一样。所以说正是由于墙的存在,才有"图画窗"的产生。墙作为室内和室外的分界,对于门口的意义更重要。空间的过渡可以通过走廊来完成,从前门进入房间的这部分空间是室内的主要空间。在凯悦饭店,大厅采用高达顶层的巨大空间,他们利用这样的中庭作为一种象征。

坐落在纽约的 Guggenheim 博物馆和旧金山现代艺术博物馆是应用这种共享空间的实例。在私人住宅区也应用这种共享空间。

就我们所了解,客厅也在这个范畴内。如果认为韩国家庭中的卧室主要是用来当客厅的,那是一种误解,因为在韩国建筑的理念中没有哪一块空间是用来做客厅的。相反,如我在前面所指出的那样,庭院可以成为客厅,因为它们所起的功能相同。在谈到美国建筑的主要空间时,如果受到具体条件限制的话,可以将饭厅、厨房和门口联系在一起,作为主要空间。在今天的韩国建筑中,对主要空间理解得不够,在生活中造成了很多混乱。

韩国建筑中另外一个要素是屋顶。在传统的韩式建筑中,大体上房屋分为屋顶、围墙、基础以及灵活的、倒置的、被动存在的围墙,可以将房屋或内墙修建成一扇窗户或一扇带窗的门。

当这些门可以向上打开的时候,人们所理解的墙的含义也就不复存在了。能完全打开或关上的墙壁超越了墙的功能,可以替代窗户或门的作用。

由这些墙分隔开来的室内空间是非常灵活的,它们的功能和大小是多样的、不定的。这些特点非常适合于团体利益优先于个人利益的社会。至于室内空间是否满足社会的不同需求,这仍是一件值得留意的有趣的事情。旧的思维和生活方式与混凝土构成的现代化公寓之间存在冲突,导致了混乱。

分界墙(费院)

在传统的韩国建筑中,室内空间是普通而简洁的。它和室外空间,也就是庭院直接相关。传统的韩国建筑中的室内空间是将一些不需要的东西拆除之后形成的。

圆门(费院)

结果,室内空间所剩无几,只有干净得发光的地板,但那便是其美丽之处,那是在尝试着在彩画中反复修改之后用最简单的画笔在阐述事物的本质。如此简洁而准确地探寻事物本质的方法与今天我们对美的追求是相同的。韩国建筑的美体现在静态、顺从以及柔弱上,而美国建筑的美则体现在动态、友善上,体现的是一种阳刚之美。西方美具有丰富的内涵并且充满了复杂性。罗丹的雕塑"思想者"尽管不是美国人的作品,却展示了西方思想的内涵。雕像刻画的人物紧绷的肌肉塑造了扭曲的钢铁的形象。他的前臂托着下巴看上去不太舒服,而他的右臂放在左膝上,下颌与右拳相连。敏捷的动态姿势似乎预示着他要跳起来。与之相反,佛陀塑像的全部肌肉都呈放松状态。他的一根手指看上去是触摸着下颌,而不是在硬撑着它。佛陀塑像并不是在刻画一个动态的姿势,而是静止的,一种返璞归真的姿势。这两个人物很好地展示了东西方文化的特点。

后园(洛仙宅)

战胜自然的文化和文明在不断地前进着,并且注定要为工业化和机械化所服务。机械化的追求产生了与自然不和谐的地方,汉城就面临着这样的问题。汉城是韩国与美国两种文化互相交融的地方,所以显得有些杂乱无章,如果缺乏对其本质的了解便容易造成混淆。这可以在门——这一建筑要素上体现出来。在传统的韩式住宅中,并没有门这一概念,装铰链的门对我们来说是很陌生的。当你坐在传统韩式住宅中热乎乎的地板上时,如果有人推门进来,你一定会不高兴。这使人感觉到它不仅仅是一扇门。

韩式建筑的室内空间是与庭院紧密相连的。因此,没有庭院的住房一定是一团糟,而且房间里肯定没有墙壁。

但是如果在建造房间时不可避免地要用坚固的不可移动的墙和门,我们理解个人、群体和公众的新途径就是必需的。那么围墙又怎么样呢?我们发现,无论是大众住房还是汉南洞的豪华住宅区,围墙无一例外都占有极为重要的位置,壮观的入口更是如此。在这些有巨大入口的住宅内,如此重要的围墙将房屋团团围住,以致使人想起了要塞堡垒的围墙。这样,就将庭院挤到墙之间变成了一条狭窄的小径。勿庸置疑,在高利用率的空间中完全可以将围墙从住宅区中拆除。

我为景福宫的围墙被拆除而感到难过,而同时我想如果汉南洞、房北洞和城北洞的私人住宅的围墙都被拆除那就好了。(我们对这种有围墙的生活已经太习惯了。随着这些围墙的建造、延伸、加固和扩大,以期增强安全感,但却从未考虑过这样做的后果,我们便建成这样一种令人不快的生活环境。)

如果非要保存庭院的话,那么拆除围墙是保证庭院空间的方法之一。使用 HVAC 系统来解除这个冲突不太容易,但却是可行的。

然而,如果房屋的墙壁是不可缺少的要素,那么应在房屋内保存主要空间。如果是后面这种情况的话,那么必须先对个体和公众概念有充分的理解,然后,以此为依据设计的空间便产生了。屋顶是留存在我们的记忆当中使我们产生怀旧感的又一因素。根据曾流行一时的"人"形屋顶来看,屋顶的建造曾一度将重点放在表面的设计上。建造屋顶时必须覆以用瓦片这一事实,表明了我们对往日屋顶的联系与怀念有多么强烈。不了解屋顶的外观形状和形式的由来,而对其不间断地复制,无疑是一种混乱的做法,对屋顶的存在本身就缺乏了解,不等于是对生活本身失去方向吗?

在美国,生态平衡被破坏已经成为了一个严重的问题。另一个环境问题便是由都市化所产生的,而在我们国家也存在这个问题。

再看一下我们所习惯的情感和思想的基础吧。我们所坚信的艺术的本质便是消除所有没必要存在的东西,并且努力与自然环境和谐相处,以及规划好根据我们对自然深层次的理解所建的房屋。我们对其倾心的奉献是解除城市环境问题的向导,可以使自然恢复固有的平衡。这难道不也是一个东方对西方精神文明做贡献的机会吗?

我深信,肯定不只我一个人希望汉城成为一个人们安居乐业的美丽的城市。

传统韩国背景中的现代派建筑

住宅建筑

为了理解建筑,我依据以下三个方面对建筑进行剖析:首先,建筑为谁而建的,用来干什么;其次,它是在什么时候、在哪里出现的;最后是谁创建的。由此可知,所有建成的作品注定是不同的,并且差异越大,效果就越好。

传统韩屋庭院

我经常看到一些以过分认真的态度来对待建筑的错误做法。我并不是否认这种认真的态度,只是想指出与这种过分认真的态度的作用相比,它的负面影响是什么。

下面是我去观看一位钢琴家演出的经历,而这位钢琴家恰巧是我一位朋友的朋友。虽然那次音乐会的演出并未做很大的宣传,大概只有 200 位观众,大部分座位离音乐家很近,但观众却感到很舒服,与台上的音乐家融为一体。然而,那位钢琴家坐在钢琴后花了很长时间才将注意力集中到他要弹的曲目上。他脸上的表情非常紧张,以至于整个过程我都在提心吊胆,害怕他会出差错。在其他的音乐会上我也见过类似的场景,甚至在建筑上我也有过类似的经历。我曾经发现自己仅对临时建筑的设计有赏心悦目的感觉,我意识到很多时候我落入了对建筑过于紧张的陷阱。也许我能将注意力更轻易地集中到为工程项目做临时性的结构设计上来,因为我对此并不是特别紧张。因为我们所设计的东西在几年后便会消失。我们也没有必要去考虑所设计的东西在建筑史上会有什么意义,这样就可以使我们更加平静地对待实用的东西。事实便是建筑物并非可永世延续,它也有自身的生命周期。

中央庭院

明洞广场

实用建筑学并不具有一种超越时间或跨越国界的神圣的使命,它只是一种为普通人提供住处的职业。那也是我们首先要考虑使人们免于寒冷和酷暑的折磨、免受风吹雨淋之痛苦的原因。我们的职责是为人们的日常生活提供舒适的环境,例如睡觉、吃饭、休息、休闲,无论他们是高兴或忧愁。我们在日常生活中离不开吃饭和睡觉,离不开挡风遮雨,而这些并不是什么激动人心的事情,我们并不能因此来断言为人们设计住处的建筑便是不严肃的。相反,履行我们的使命是一件严肃的事情,因为这是一种现实。房屋到底是什么,在所编制的计划中它的用途又是什么呢?它是灵活的,并不是一成不变的,有不确定性的成分在内。当建筑师们对它们所作的工程过于认真时,他们又试图对实际问题不那样过分认真,就很容易犯一些自相矛盾的错误。

夜景

当生活或引导生活的人从建筑中脱离时,建筑学也就没有什么意义了。当生活和引导生活的人发生改变时,建筑学本身也应随着改变,因为它只是实现目标的手段,而不是最终的目标。

因此,建筑师并不能安排居住在这些建筑物中的人们的生活。作为一名建筑师,所享受的最大的特权便是可以接触到来自社会各个阶层的人们。我与各种类型的人们、家庭或团体见面。随着对他们的了解的加深,我逐渐认识到他们是不同的。我的特权便是不仅与他们交往,而且去领略他们独特的个性,并且我发现当我作为委托人与他们相见的时候,无论他们是否受过教育,无论是富有还是贫穷,无论是年长还是年轻,他们都有一个共同的愿望。我曾经说过,建筑师是解梦人,就如同医生能够诊断出病人的病症一样,建筑师也能够读懂客户的梦想。将他们的梦境变为现实的工作是建筑师和他们的客户要共同完成的任务,但理解客户的梦想是我们的工作。有时候,我们要承担指定客户的私人住宅工程,而另些时候,则是为许多不定的客户做工程项目。为了证实和完善客户的现实和梦想,我们与各行的专家们(例如社会学家、历史学家、考古学家、教育家或心理学家等)通力合作。建筑学是一种涵盖了这些人梦想的空间艺术,同样也是包含社会理想的空间学科。

实用建筑学是一门有助于将世界建成更益于居住的职业。它仅仅是改善我们的世界的众多有益的事情之一,因此应对它周围人们的生活给予与生活在其中的人们同等多的考虑。如何应对环境,一直是一个热点问题。

由于这个社会经历了很长的时期,人际关系越来越复杂。由于快速的变化,发展受到了限制,这个热点问题越来越难以理解,它吸引了更多的注意力,并且越来越难以处理,这与建筑物应何时何地建造有关。

但是韩国的社会、文化和物质环境是什么呢?我们又如何去应对它呢?韩国人认为与所居住的环境和谐相处是一种美德,而且并不试图改变周围的环境。这也是韩国人认为打破平衡是最不可取的事情的原因。这是一种生活在农业国家的人们普遍接受的观点。因为韩国人认为自然是完美的,与自然和谐相处是正确的。对于韩国人来讲自然意味着正确和美感的享受,这种观念更增加了人们崇尚自然的程度。另一方面,人造的虚伪的东西是被人贬斥的,因此也注定不能给人以愉悦的感觉。我们对于特定的条件或环境的改变极不情愿,已建起的建筑物并未影响周围的环境,相反以一种和谐的方式与周围共处。韩国民众更愿意从历史的角度而不是从人类学的角度看整个世界。因此,我们对种族和人类的传统,而不是人类的普遍性更感兴趣。由于这个原因,传统便成为了可以激起深厚兴趣的主题。我们回首过去,以期寻找到解决今天生活中问题的方法。那些超越时间的人们以及那些生活在社会最底层的人们对现在和以后的日子更为关心,那些生活在社会上层的人们或知识分子则对过去的日子更为关注。现代的韩国社会已经历了数次由于外界力量的干涉所导致的社会文化结构的彻底崩塌。但这几次崩溃又是韩国社会重建、发展或是对现有结构进行补充的机遇，同样也在韩国现代史中带给了我们辛酸的回忆，其一便是日本对韩国实施殖民主义以及李氏王朝的彻底衰败。我们亲眼目睹了这些事件，但是我们没有抓住机会消除那些导致日本殖民统治的因素，以便为现代韩国社会将来的发展打下良好的基础。我们全部的精力只局限到了民族主义和保守的反对日本主义的态度之上。在那个时期出现的西方化的本质是一场消除国际主义的运动。朝鲜战争将整个世界分为冷战时期的两大集团。那场战争摧毁了日本殖民时期所保留的旧的社会、文化和地理的环境，韩国人民不得不在战争留下的废墟上将重建一切。我们努力工作仅仅是为了生存，并且将此视为争取自由、争取打破一切社会和文化束缚的潜在机会，或可以理解为争取民主和人人平等的社会。那些领导和大多数的知识分子往往具有包容性和怀念过去的倾向。这种倾向在建筑学中也是明显的。尤其是在经济发达的国家里，政治家、知识分子和那些在创造性领域中工作的人都曾试图处理国家本身的问题。单纯地模仿"独立厅"的建筑风格建造房屋，对景福宫进行重建，以及对南山进行重新修复都是造价很高的工程，而这些工程甚至会损坏好的房屋。现在，由于国家的金融危机，韩国又一次面对生活中的残酷事实。面对着由于外国因素而导致的金融危机，我们并没有因为在其中付出了高昂的代价而保证我们国家经济应有的增长。相反，在最后我们又回到过去原有的水平。外国势力又一次使我们将重心从过去转到了现在和将来。为了使我们能够利用这次机会取得进步而不是像以前一样留给历史一个伤痕，我们应敞开自己，抱着向往未来的态度。对于我们这些建筑师来说，那些推动过去发展的想法极大地影响着我们对房屋的设计。我们对过去所抱有的幻想可以误导我们做出错误的判断。过去所依附的条件或环境已不复存在了。尽管我们并不是在续写过去，我们还是自然不自然地因使用过去判断问题的标准而继续犯错误。在为汉江所创造的奇迹骄傲的同时，如此多的建筑师为在这个时期建造的桥梁、公寓、办公室、旅馆和政府办公楼的低劣质量而感到羞愧。不顾地点与环境一味地建造楼房，无论是济州岛、庆尚道，还是全罗道都是如此，这一事实证明了我们的理念并非建立在现实生活的基础之上，而是背离了这些现实。我们的思想脱离现实的最主要的原因，是我们以自我为中心的态度以及试图重现过去。除非能够彻底远离过去的记忆，使我们这种倾注于过去的态度理性化，否则我们无法接受现在所看到和感受到的东西，无法发展我们今天的社会。

当我们考虑要建什么样的住宅以及建住宅来做什么时，就可以清楚地了解到房屋的使用者的意图和偏好。同样，建筑师对其所建的工程的意图和偏好，同样应该明确。使用者的要求以及设计者的意图不应相互竞争或对比，而应该相互补充。使用者的观点可以对建筑师有所帮助，而且可以提高房屋的设计水平。

我们有一种错误的观念，那便是对建筑作品甚至是绘画作品做出判断时，有一种既定标准。我们便经常在这种压力下对所判断的事物给出高分，结果我们便成了尊奉者。依据这种错误观念设计的房子最终也不过是多个小盒子的堆砌物。

既然生活在这个时代里，我们不应只是集体中没有个性的一员。人们所居住的每一个住房应是独一无二的，应该能够显示出居住者的个性。完全按照出色的房屋原形建造的房屋如同根据错误的设计图又建了一个相同的房屋一样糟糕。看到每个人都在使用同一种商标的商品决不是一件好事，在建筑上表白自己是一件需要勇气的事情。那些依据他的坚定的理念所建造的住房将拥有独特性，但应注意的是建筑设计并非只是设计出个性。提到这个问题我们只能表达出我们的观点，但却无法判断对与错，那也是为什么建筑师坚定的信念需要的不仅仅是知识，还需要很强的信心和勇气的原因。

既然建筑的使用者各异，功能也有所不同，建筑注定要显示出多样化的特征，而且所有的房屋不可能同时在某一个地点同时被建起，建筑的特点和风格更为不同。因为设计它们的建筑师全都是不同的。我衷心地希望在汉城能够看到更多的具有多样化特征的房屋。

谈世俗之外的俞杰

1965年我与俞杰先生在金寿根的设计工作室里第一次会面。我同他一起搞建筑工作大约4年,这给我留下了非常特殊的记忆。他于1963年从汉城国家大学工程学院毕业后,便在"五爱建筑师工作室"学习建筑学。随后,他加入了当时坐落在安国洞的金寿根建筑师工作室。

在那段日子里,我担任工作室里的总设计师,并将工作室称做金寿根的团队,因为我钦佩他在建筑学上的能力和活力。我迫切地希望整个队伍成为一支精英队伍。我第一次见到俞先生,是他加入到我们的队伍中的时候。

一段时间过后,金寿根创立了一家工程公司,叫韩国技术公司。他的工作室的所有成员都加入到了新公司的工作中。我们在该公司的都市设计部一起工作了3年。我们小组由热情洋溢的年轻设计师组成,如金寰先生、金渊先生和金石哲先生。我们经常就建筑设计上的问题整夜讨论。俞杰先生始终保持他那不受别人影响、完全将世俗置于身外的生活方式。这展示了他自由的个性。

他做事合情合理,而且总称自己是理性的人。与此同时,他正在建立着一种坚定的建筑学的哲学理念。我与他合作的第一个项目是在1965年的神一中学工程,但不幸的是这个工程没有实现。

之后,我们在同一年就法治大楼工程进行合作。通过对1966年的金浦项目、1968年的原瑞洞住宅和1968年的KIST大楼的可行性研究,我们就自然、规则、形式和特殊体制的课题进行了热烈的讨论。

与他一起工作的那段时间使我受益颇深,我继续跟随并关注着他以后的工作。

突然间,他于1971年携一家人离开了韩国。我并不理解是什么原因迫使他离开韩国去了美国,并成为了美国公民,就这样离开了关爱他的人们,前往与他家乡相隔甚远的地方。但我相信,他那样冒险地开创不可预知的未来的决定是勇敢的,可以拓宽他所追求的建筑知识的视野。他是理性的,并且一直向往着自由。从那以后,我于1986年又一次与他相逢,他又重新在韩国开始了建筑工作。他与他的家人定居在丹佛。尽管我对他旅美期间的生活不太了解,但我知道他作为一名建筑师健康地生活和成长着,尽管他并不辉煌。

在美国定居后不久,他便陷入了深深的沮丧和失落,这使想挑战新社会的他遇到了极大的困难。在那种情况下,他所设计的建筑与在韩国时有很大不同。我想他的那些作品包容进了他回到韩国之后所产生的新的建筑理念。

他在美国的健康生活是可以想像出来的。他与和他就读于同一班级并有着很强信念的妻子朴慧兰合作共同完成工作。这应该是他在那里的不可多得的财富。

他们的健康生活能够从他们在丹佛外的洛基山区的房屋周围的环境中看出来,带有野性的自然值得他欣赏和享受。

这对夫妇有4个孩子,他们仍保留着韩国人的特性,在那个社会里不同寻常地生活着,最终俞杰先生于1986年回到了韩国,并且在这里重新开始了他的建筑师生涯。

当他参加了1988年汉城奥运会运动员住宅区的设计工作时,他在韩国的建筑生涯重新开始。其中,他的合作伙伴是黄怡仁和牛圭承先生。从那以后,他对建筑的理解和对建筑的表现,都通过他的个人工作室设计的房子以及与大建筑公司合作设计的作品展示了出来,而这些仅仅是个开始。

他通过参与一些建筑设计比赛,展示出了自己别具特色的建筑风格。这些比赛有第三座政府大楼、外交中心、高速火车的天安车站、约克哈马国际海港、国家博物馆、延边技术学院、明洞教堂、耶稣复活花园和建国艺术中心。

他赢得了1998年的"韩国建筑协会奖",并在1998年为建于1997年的密拉尔儿童艺术培训学校筹建了金寿根文化基金。他打破了传统的学校建筑理念,并为密拉尔学校引入了全新的教学空间、内容和建筑体系,这些理念受到高度评价。

值得注意的是他将注意力集中到了剖析技术细节的建筑表现上和成功制作上。他最近的工作表现出了他的开放和透明感。俞先生承认他倾向于个性主义。他有很强的自我意识,并已很好地适应了美国社会中尊重人权和自由的理性概念。

他说他愿意成为一位富有创造力的人,但社会中有一种强迫每一个社会成员都做一个顺从的人的倾向,而他要做一个违背这种倾向的个人主义者。而且,他还指出,因为统一化的教育体制,韩国社会缺少有个性特点的人群。他同时指出,建筑应着眼于改善人们的生活,应将我们的空间深深植根于现实之中,应脱离开没有现实根基的幻想。这一切意味着建筑师需要面对现实的勇气和能力。换句话说,和某种专业技能相比,人们更需要一种普通的健康生活的感觉,有时候专家也需要有勇气说出这种普通的感觉。

他认为我们的注意力应由过去转向未来,并且从今天的困难中前进。韩国应打破封闭的社会和封闭的思想,同时也应远离过去。

俞杰先生宣称自己是一个健康的自由人,他的建筑是进步的范例。

在未来我愿继续跟随他工作。

"我认为应避免使用韩国传统的方法,应为韩国人民建造更好的建筑。该是抛弃韩国传统方式的时候了。应塑造出我们真正的个性。为了韩国社会的发展和成熟,应抛弃传统。"

尹承仲　园都市建筑有限公司

24

俞杰前辈的谦逊见解

俞杰前辈,我高中和大学的一位学长,从事与我相同的职业已 40 余年了,是在工作上给予我影响很深的人。我们在 1968 年共同工作并于同期移居美国,但住在不同的城市。他住在科罗拉多的丹佛,而我住在加利福尼亚的洛杉矶。但是,他先行回到了韩国并开始建筑创作。自从 1994 年,由于我们经常到韩国进行商务旅行而使我们的关系亲密了许多。当我们在一起的时候,我们讨论建筑而且谈得非常愉快。

他攻读建筑的动机很奇特。在高中的时候,他非常痴迷于雕塑,并将此作为课外作业之一,梦想着成为一名雕塑家。然而,当他认识到艺术专业的学生花销很高的时候,对我说,他将选择建筑以避免高额的学费,然后再投身于雕塑(就我的观点而言,这可能是他一生中最大的错误之一)。作为一名雕塑家,他是否可以更出名呢? 也许到现在他可以拥有他自己的高级工作室、私人画廊以及在全世界博物馆中的作品。

由俞杰我想到了从建筑转向雕塑的唐纳德•朱迪以及德克萨斯州的马法的作品。马法的工作室和画廊是他自己设计的,他经常将时间花在外出访问中。在访问洛杉矶时,对雕塑有着极高的天赋并且对艺术很有鉴赏力的俞杰先生总去参观画廊和博物馆。

作为一名满怀激情的建筑师和深深植根于艺术当中的艺术家,他是以一名艺术家而不是纯建筑师的身份完成他的作品的。他所设计的项目,例如制宪会馆、私人住宅和其他在前往美国之前完成的作品都给我留下了很深的印象。

在美国的那段艰苦时光里,他从私人住宅的扩展和改建工程及家具设计的过程中吸取了大量经验,我想可能正是这些经验塑造了他今日的成就。

在研究今天建筑的设计过程时,我发现建筑师的作用通常是绘制一些草稿或图纸,其中有一些甚至是口头指示。所以,很难找到真正对工程的每一个阶段和每一个细节都给予极大的关注的建筑师。

由于俞杰接触过韩国和美国的建筑文化并有机会对两种文化的异同点进行比较,因此这些经历对他的工作起到了很重要的作用。特别是他对韩国的历史、文化、社会环境和建筑有丰富的知识有很深的见解,并在自己的作品中用隐喻而非直接的手法表现出来。

在设计的过程中,他将顾客的愿望及感情作为他设计的有效工具。他将人们的愿望及其必要性作为设计工作中最重要的因素,同时他以准确清晰的设计方案以及超乎寻常的创造力对顾客进行讲解,来实现使用的价值。

他具有分析、总结以及对相互关系极为复杂的变量作出综合判断的能力。他所得出的结论并不局限于传统的模式，而具有开放性、包容性和深刻性。

他对设计工作的态度并不是追求纪念意义或带有官僚的特征，而是民主的，并具有历史、文化的特征，适应其周围的环境。他的作品总的感觉并不复杂，非常简洁明了，通常在构成整体的个体及微妙的变化中可产生戏剧性的令人惊奇的感受。他的理念非常清晰、直接但很复杂，作品在结构上摆脱了笨拙的外表。他在对方案作构想时通常体现出逻辑的思维，不拘泥于形式，并将外形作为独立的方面来考虑。

当接受小规模的项目时，他充分关注了每个细节；在接受大规模的城市建设项目时，他对全局结构的规划有一个总体认识或关注。他对于参与的工程在选择地址上、选择材料上和选择建筑机械上有自己的理解，并且对最新建成的私人住宅、教堂、学术研究院等建筑进行了细致的安排，对细节进行了完美的组织，从而将各职能部门的作用发挥到了更高的水平。

他已经拥有工程建造的丰富经验，并且有着极强的空间感。他所设计的建筑能够给人留下深刻的印象。在高速火车的天安车站、明洞天主教堂、国家博物馆、外事中心以及约克哈马国际机场的建设中，他展示了独特的设计方法。除此之外，我有幸参与了他的一些工程项目的设计。主要有以下几个。

城北洞的徐先生住宅

这是一个新工作室的扩建，需要大的地面面积、简洁而整齐的内部和高大的顶棚。现存的传统建筑极其珍贵。它们往往是木制结构，有清晰的影线，质地很好，规模很大，并且内部和外部之间的区域的设计刻意体现出朦胧感。这样的建筑应增加楼层面积，并使其室内结构简洁化以及设计出高的屋顶。同时，在现存的建筑中，这样的建筑又可以创造出无限的居住空间，新增加的边厢与已有的建筑形成了鲜明的对比。围墙与边厢隔开一段距离并将其环绕起来。它布局简单，所使用的原材料为花岗岩，这一切在强调这座传统建筑的背景时起着重要的作用。与周围的建筑相比，它纯朴、光滑，有现代化的特征，并不会对周围的建筑构成任何威胁。相反，这种和谐的具有平衡结构的围墙对现有的建筑起到了极大的衬托作用。

孙学识　AIA 建筑师

江边教堂

这座建筑是在一个狭窄的有诸多限制和约束的基地上建造起的。礼堂采用自然光照明,它与斜面阳台的座位、曲线的屋顶和有力的构架和谐辉映,带给人们唤醒其精神世界的感觉。这座建筑将自然光引入了地下的教育设施,其空间便有了一种生机感。教堂的正面与周围的环境交相辉映,显得非常和谐。当你一眼望上去的时候并不觉得它是一个教堂,其大众化的特点倒使你有一种亲切的感觉。虽然紧张的预算使其处在一种不利的条件之中,但是这座示范性的工程还是显示出了创造新颖灵活空间的潜力。

由于建筑水平和工艺技术仍很低,应用高科技的支撑系统安装有玻璃的屋顶是俞杰先生所从事的工程中较困难的一项。我对他在此项工程中所取得的成就高度赞赏。他将主要空间与次要空间有条理地联系在一起,在功能上满足了人们的要求。

为残疾儿童建的密拉尔学校

这项工程建造的理念是使其既起到学校的作用又兼有教堂的功能。它的设计是极其新颖的。若抛开经济因素不管,一座建筑能够起到两种不同的功能是一次非常有意义的尝试。这种工程需要不断地探索。我衷心地希望建筑师们能够更加努力地研究,开拓新的领域,使工程的设计更加多样化。

尽管每个单元都是熟悉的矩形,但它们不是普通平行或垂直的,而是一种倾斜的并连的空间。

这座学校的设计方案在细节上丰富而精细,在建筑上精心挑选了原材料,并满怀对残疾儿童的理解和关心,深深地体现了宗教的精神。

由吊顶和圆柱支撑的高高的门廊是一个儿童娱乐场所,它同时也是聚会场所。俞杰先生对空间感的深入理解体现在坡道、楼梯及内侧栏杆的设计上。他将它们顺畅地连接起来。

有不同颜色的墙能给人一种友好的千变万化的空间感。这样可以在教室和办公室里塑造一种友好与舒适的氛围,可以产生极好的工作空间。不断改变的自然光线照射在建筑物中的每一个角落,可以使人体验到不同的空间感。

建筑物的尺度十分重要,可以带给人们一种宁静的而不是喧闹的感受。抛开项目的规模不说,从工程的开始到结束,俞先生经常到工地上去,与建筑商和建筑材料供应商就谋求更好的建筑设计方法交换意见。他的设计依赖于第一手的实地经验,所以对工程必要的修正,例如对建筑成本或设计的修订通常在工地上完成。考虑到目前建筑技术水平,以及建筑材料缺少统一化的标准,质量无法持续保证和工艺水平较低的现状,我认为这种方法是必需的。

俞杰先生见多识广,在设计上有着较高的天赋,不拘泥于传统的形式,在思想和对待生活的态度上开放、自由。他在建筑材料上以及对细节问题和技术问题的处理上展现了丰富的知识,每一天他都尝试着新的东西。他是一位对建筑理论掌握得完美的建筑师,有足够的能力参与学术机构的讨论,并可以给学术理论界带来新的空气。他这位有着远见卓识的建筑师,严格履行对工作的承诺,并在建筑设计上有着技高一筹的天赋,是当今韩国建筑界最有影响的人物之一,这在他的建筑工程、讲座、写作和后来的从教生涯中都有所体现。

一位著名的建筑师曾经说过:"在我60岁的时候,我便可以创造出名副其实的建筑作品了。"我急切地盼望着见到俞杰先生更多的比以前成熟和进步的作品。

进步性　实用性　自由性

无论是作为一名艺术家,还是作为一位富有经验的建筑师,事实上,俞杰先生在韩国建筑界还未有足够稳定的地位,他很难归入目前正处于衰退期的建筑界,而这种衰退是前所未有的。

也许是由于韩国建筑文化的早熟,所以容不得任何新鲜种子生长的贫瘠的土壤,因而他的设计方法可以归结为实用性而非模式化、现实性而非概念化、创新性而非保守化。这与目前韩国的建筑土壤很难融合,因为目前韩国推崇现存的模型,而他的作品很难与之适应,甚至形成了鲜明的对比。

可以通过以下三个方面来更好地欣赏俞杰先生作品的独特性:首先是他对传统的象征主义和排他主义的形式的反对;第二便是他依据建筑业的道德准则以及对建筑所应持有的态度,而积极采用纯净材料的做法;第三便是他对未来的乐观的挑战精神。以上三点与我们建筑界内的现实相差甚远,而这确是他永远坚持的态度。

进步性:对现实的追求

建筑师俞杰最近在设计与基督教有关的建筑。从这些作品中,我们可以看出他的建筑道德准则。

"江边教堂"是一座普通的教堂。全州大学教堂的建设是在基督教基金的支持下完成的。"密拉尔学校"主要用于教育有精神障碍的学生,而在周末的时候便作为南汉城恩惠教堂来供人们做礼拜。这三座建筑的建造均与教堂有关,但它们与教堂的传统意义不同。教堂的传统意义是供人礼拜和朝圣的。这三座建筑也许是对保守的传统强有力的挑战,而传统方式则是到处建造结构杂乱的教堂。

一座哥特式的教堂通常被认为是神学和世俗主义的巧妙结合。在黑暗的中世纪,人们毫无生活乐趣而言,对生活的享受只能在少数的贵族和牧师等神职人员中找到。在那个时代里,哥特式的教堂的塔尖通常都是高耸入云,对在田地上辛苦耕作的农民来说它就好像是通往天堂的大门。

教堂上高耸的塔尖看上去就像巨型航船的锚一样,可以将他们从艰苦的现实带入天堂。只要他们想,塔尖就仍在天空中,灵光可以从教堂的彩色玻璃中泻出,悠扬的笛声在天堂中萦绕,他们的灵魂则一直高高悬浮于天空当中。

这种垂直设计是他们愿意升到天堂里的神圣的象征。中世纪的教堂一直保持着引以为豪之处,其最初的意思是"逃离天堂",然而却没有人知道在几百年的时间里为建造这些有象征意义的形状人们要付出多大的牺牲。

通过登上巴柏尔塔来表达升上天堂的愿望，就如同人们将不计其数的愿望堆在高高的石塔上一样。将自己城市教堂的塔尖升高从而超过相邻城市的塔尖的愿望，是源于人们对神灵愚蠢的亵渎而非虔诚的尊敬。

人们这种通过建造哥特式建筑来象征到达天堂的做法在今天又以伪哥特式的建筑形式重新显现出来。在楼房顶部设置的无数的霓虹灯，看上去与繁华街道上为吸引更多顾客而设立的广告牌没什么两样。

今天出现的不计其数的教堂似乎要用高高的塔顶和庞大的规模来象征上帝的旨意。这一切好像又回到了黑暗的中世纪。神学的真正意义与教堂庞大的规模极不相称。然而，当我们参观密拉尔学校的时候惊奇地发现，在这里有与我们可以轻易找到的基督教教堂的特征完全不同的东西，它有以虔诚来代替世俗的趋势。

它的建筑师曾说过，密拉尔学校设计之初是从教堂的角度来审视这座建筑的。当考虑到大多数教堂都只是在周日才使用，而在一周其余的日子都是空着的现实，他们认为在缺少公用空间的时候花费金钱建一座只供教堂使用的建筑是不明智的。

出于更好地利用建筑资金，作为建造这所学校的主要投资者的南汉城恩惠教堂决定出资购买教学设备，并在周末时将学校出租以供人们在教堂内举行活动。

这所特殊的学校能够在 1997 年以 250 万韩元的成本完工，是教堂人员与建筑师发扬团队合作精神的结果，同时还应归功于在整个设计和对工程监管过程中所表现出的建筑道德准则。

采用自然光线作为整个内部空间的光源，非常成功地实现了《圣经》教给大家的，即基督教的生活应该点亮整个世界，而这整个建筑过程不仅在其表面意义上而且在象征意义上与这一特点相吻合。它融合了建筑设计应该勤奋与稳重的珍贵信条。

这座教堂采用了自然光照亮整个正厅，而不是将光线集中于教堂中心的十字架。它将象征的光线的意义加入到普通的学校功能中去。对于那些孩子来讲，基督教的奉献与牺牲精神在今天韩国阴暗的教堂里给予了他们有意义的光明，丰富了他们，并且使他们懂得了照料自己。

江边教堂在台阶上安了一个作为教学象征的十字架，教会的成员可在此进行祷告，遮蔽着教堂大厅的玻璃屋顶上洒下的充足的阳光。

在楼梯上有一个小型的十字架，象征着在《旧约》的"创世纪"一章中提到的雅各布的天梯。此梯直通天

画室全景

30

堂。与这个小型十字架形成鲜明对比的玻璃屋顶,则按照基督教具体的教义将全部阳光引进教堂之中。

哥特式的教堂用彩色的玻璃采光,试图以此来象征天堂的神圣。然而单纯的照明功能以及照亮黑暗的实用性却抢占了其象征意义的地位。纵观教堂的历史,可以轻易地找到一些由于过分渲染宗教艺术的象征和比喻的含义而失去了教堂的真正功能的例子。建筑师俞杰先生已从宗教建筑象征意义的谬误中脱离开来,选择了现实来建造包含信奉者生活的建筑。他的选择被证明是有思想内涵的,对建筑是负责的。

实用性:反对形式主义和新通俗主义

他的建筑思想从来都是反对为追求外形而刻意塑造外部的形状。他始终坚持着这种信条,就像清教徒一样。最重要的是,他在使用建筑材料时去掉了任何不必要的修饰,这一点可以在他的作品中观察到。

在20世纪早期,年轻的建筑师阿道尔夫·罗斯首先放火毁灭装饰性的建筑。从那以后又出现了密斯·凡·德罗,他所信奉的格言"少而精"在工业化国家中盛行起来。韩国的教堂仍旧没有从几个世纪前占统治地位的装饰性建筑的阴影中摆脱出来。

在建筑上大胆地使用透明和洁净结构已在密拉尔学校、全州大学教堂和江边教堂中普遍使用。这三栋建筑有独特性。它们可以和中世纪末镶嵌彩色玻璃的哥特式教堂相比,其夸大了的声望已有四百多年。

密拉尔学校所拥有的考沃吊顶体系,所镶嵌的建筑板材为碳酸盐原料,可以避免阳光直射,同时还可以持续地将自然光照到学校的正厅内。当然,这一系统有时也可当成建好的屋顶表面来用。

学校正厅里的光线也可作为能源储存。正厅内明亮的光线可以使其中的人们,尤其是脑部有残疾的人们觉得自己好像在户外一样,但实际上他们是在正厅内。这一系统非常不错,应该在其他学校同样使用。

我还记得一位陪审员进入明洞教堂时,评论这座教堂是"野性的"。我无法理解为什么会出现这样的评论。我猜这可能是使用了钢结构或暴露在外的混凝土结构的原因。

其实这样的建筑结构正如作者在密拉尔学校所经历到的一样并不具有野性,并不像我在参观前预想的那样。而且,它还带给了人们舒适的感觉。也许这种感觉是源于学校正厅的照明系统完全驱走了阴暗和拥挤。

在开放的空间里展示出钢铁结构是很好的事情。采用自然光照明的系统削弱了刺眼的钢铁结构的影响，同时也美化了未完成的混凝土结构。对暴露式结构以及所选用的工业材料的担心看上去是源自上一代人对此的过度反应。他们已经适应了那种公式化和感官化。

人们也许对以下的历史很熟悉：在中世纪很多强有力的必须执行的宗教信条被用来猛烈地填充着当时的那个世界，使人们陷入了单调无聊之中。直到大约十几年前，人们的愿望连同人们的自由都被轻易地摧毁了。

对于那些已经习惯于这样的非理性的历史悲剧的人们来说，他们有充分的理由来反对选用"暴露式结构"和"野蛮的"原材料，因为他们担心在夏季里学校的正厅炎热潮湿，暴露在外的水泥结构不为他们所熟悉，而且采用的颜色是灰色。

使用这种原材料也遭到了残疾儿童的家长以及老师的反对。他们对此感到很惊奇，认为已建成学校采用的这种材料只有在工厂里才能见到。但是孩子们和这座建筑的使用者却并未感觉到有什么不适。

相反，一些以米奇老鼠为模型的急匆匆建造的临时建筑只能给孩子们带来情感上的障碍。那些为喜爱模仿卡通人物的孩子们所建的低层幼儿园的设计极为荒诞，可以使孩子的家长们被误导而错误地认为这样的建筑可以提供一些极浪漫的情趣。但是这些建筑物却限制了孩子们的想像力，损害了孩子们的情感。

并不令人惊奇的是这种类型的建筑在目前的幼儿园中占大多数。正如孩子们需要普通的感受一样，这些幼儿园的建筑应该给孩子们这种感觉，因为孩子们应该以普通的方式居住在功能齐全的建筑中。

实际上，这种现象并不只是局限于低层的幼儿园中。当地的大多数大学在其建筑和大门的设计中都套用了帕特农神庙或哥特式建筑的风格，也许是为了弥补与古老的西方学术院校相比当地大学所缺少的一些东西而产生的不安定感。

有趣的是这种严重的误导建筑真谛的现象在韩国的整个建筑界普遍存在，从幼儿园建筑一直到学术和公益建筑。

在这种情况下，俞杰先生的建筑理念与方向应得到赞同与支持。尽管他在金寿根先生的办公室时对这样的形式表示过忧虑，而在这间办公室里他度过了早年生涯的大部分时光。当移民到美国时，他对建筑物的形状已不关心，而是要去寻求一种更简单和实用的东西。他对建筑实体的关心并不只是局限于对建筑材料的选择上，还有对建筑结构、建筑细节的追求。他对形式主义的逃避，意味着他从大多数韩国建筑师所沉迷的传统建筑美学和排他主义中脱离出来。

他曾经对传统的虚伪作如此评论：

"当人们对'韩国式'或'传统式'的建筑作评论的时候，他们所集中的重点便是建筑的风格。从很多韩国人对那些措词非常着迷来看，这种赞扬可能是非常有害的。"

他的这种态度促使他离开了金寿根先生的工作室而到了他现在的地方。没有人否认金先生成功地削弱了现在的韩国建筑文化，但他毕竟曾对形式主义和传统无限制地夸大而影响了建筑界。无论是否是故意的，他所留下的巨大的建筑价值和努力得到了广泛的承认。然而，他的追随者怀着对韩国建筑界的敌意，对其作品不加思考地模仿是非常严重的。

金先生将一生都放在了对传统的屋顶、椽、屋檐的支撑物及传统风格的圆柱上，在韩国建筑史中我们该如何评价他呢？

我们古典的建筑中那极具特色的屋顶线，简直就像东方的帕特农神庙一样伟大神奇！但是到了应该放弃这种不含任何技巧来塑造建筑物外形的做法的时候了。

在目前的建筑环境下，俞杰先生的作品脱离开前者那种外形公式化的流派。他在进行建筑工程的设计时所使用的建筑方法，通常是使用了工业的建筑技术，有新意，值得鼓励。

为了强有力地阐明他的观点，他甚至号召在建筑领域中灭绝"韩国传统式样"。他曾经说道："我想使韩国的环境更适合韩国人，就是要彻底地从韩国传统中脱离开来。该是抛弃'韩国式'，来保卫韩国本身的时候了，该是抛弃所有的传统的时候了。"

徐先生的住宅便是一座复杂的带有变化了的韩国传统的建筑。

他希望建一种与现存的韩国传统住宅形成鲜明对比的新型建筑。韩国传统建筑的问题便是没有清晰的内部与外部区分的空间界限，过于阴暗，并且屋顶在整栋建筑中所起的作用过于重要。新型建筑建成的式样是内部和外部空间的界限更加清晰，并且在此风格中墙起着很重要的作用。

同时，传统建筑解决天气问题的方法是被动地与自然和谐相处，而新型建筑则可以通过一套完整的机械控制系统来适应不同的天气条件。旁边出现的与其形成对照的房屋使得传统住房的外形特征表现得更加明显。

尽管所讨论的建筑的室内空间有其各自不同的特点，但这些空间都有一个共同的特征。

俞杰先生是一位已经超越了形式主义的实用派建筑师,但现在被建筑的基本功能和构造方法所困扰,这儿有一段小插曲。

当他的一些朋友去参观江边教堂的时候,有一位朋友抬头看到了在举行礼拜仪式大厅里的墙顶部有一个长方形的小窗户,将光线直接引进来,便问他,使自然光透过并照射到讲台上的那扇窗户是否有某种象征意义。他则简单地回答说这扇窗户的功能只是通风。

他所有的朋友都希望听到一些与礼拜仪式相关的具有象征意义的复杂的解释,但他们都失望了,并且惊奇地看到他对待建筑如此率直但又倔强的实用主义的态度。

在建筑史上,技术和建筑材料没有任何革新的时候,建筑的主流总是可以循环到形式主义的模式上。

它起源于工业现代化出现的 19 世纪,而不是艺术活动的过渡时期。在这个时期现代建筑概念开始找到了它的现代性,超越了其曾经循环的样式的界限。这个事实对于那些对建筑史了如指掌的人来说非常熟悉。

然而,我们的建筑领域却仍在讨论这些建筑的样式问题,而且建筑师主要关心的是设计那些华而不实的东西。最重要的是,给人印象非常深刻的是政府、公司、建筑师和建筑学院对周围大都市地区的生态环境问题和建筑中迫切的经济问题是如此地无所谓、被动和迟钝。

在这种情况下,韩国建筑领域的会议和一位贫穷的但诚实的俞杰先生(工作无序、无所事事的建筑师可以称之为贫穷的建筑师。但是,就他个人而言,情况十分不同,因为他本可以不管在韩国的很多工作,但他却没有这样做。更确切的表达应该是他在工作上很贫穷,但在生活中很诚实和富有)幸运地唤起理性行为的价值和当今韩国建筑中的共同感。

自由性:战胜自然,面向积极的未来

像"民族的"、"典型韩国式的"和"韩国独家生产的"表达方式可以经常被听到,并且以其暴虐的压制来控制着建筑领域。当这种压制联合在一起并戴上吸引人的理论和集体主义的面具时,出现的结果是残酷的和骇人的。他们自己威胁说要一举击毁一切。

在充满野性残暴、眼泪流淌、前额贴有挑衅标语及被荒唐的理论所激怒的地方不能出现完美的建筑或健康的城市。他指出了韩国人对待自然的典型观点:"韩国建筑与韩国人对待自然的看法有很大关联。"

这种对待自然的看法是韩国人最基本的思想根基。

自然被理解为完美的模型,并且人们总是喜欢重返大自然并在它面前顶礼膜拜。其实自然曾经是他们最重要的环境。

然而,自然既可以被雕饰为一件珠宝,也可以是一块没有用途的石头,这取决于人们如何改造大自然。向大自然屈服或与大自然和谐相处的观念被认为是缺乏征服和利用大自然的能力。我们在大声疾呼"禁止进入草坪"、发出"禁止入山"的告示之后,相矛盾的是我们已经以新城镇的发展和工业的进步为由毁坏掉了大自然。屈服于大自然或与大自然和谐相处的观念与对大自然的毁坏是矛盾的。"那些缺少解决问题的办法或无法提前计划未来的人们会在别人找到相关的答案时感到害怕。集体主义并不是为所有的人选择更好的生活,而是接受同一个地方人们的糟糕的生活 —— 一种赞同损害集体的趋势。这种趋势是人类独有的性格,它起源于原始社会。同时,人们与野兽不同的是在追求理性,而那些野兽则本能地追寻着他们的猎物。这也是人们如此迫不及待地找到类似于"韩国传统风格"的借口,或"民族的"、"屋檐精灵"和"与自然和谐相处"的理由,以此来隐藏个人的胆怯,并从集体中受益。

对于现今的韩国建筑环境来说,建筑迷失了方向,就像一个未生育过的妇女一样,可以做出任何一种新的选择。他大声地号召人们重新增强决心,重新增强在自然中生存下去、发展下去和征服地球的决心。

他的劝告就是所有的建筑师应该持续地检查和领会超出任何有象征意义的现实,并且应该客观地解决问题,应该是跳出集体主义的负面影响的时候了,也是对未来发展前景乐观的时候了。

"我们的情感已经习惯了伴随有小溪的山川上的一些有茅草顶的房子,但我们总是准备着使用科学技术来剪掉其边缘。"

令人感到讽刺的是,尽管我们在很多时候要发展有上百万房子的新城市,我们却不能跨越大山的范畴。这使我们感到窒息。没有必要就缺少土地而带来的不便做争论了。天空是高的,对于我们来说很多大山仍是可见的。我们应尽早抛弃借助自然的精神来使我们的精神丰富、活泼的荒唐想法。我们应尽我们最大的努力来建造一个美丽的自然环境。

我们应该有充足的自信心来勇敢地面对已经被普遍接受的观念,并且打破现有的平衡朝着更好的方向前进。

"所做出的选择应该是寻找不同而不是进行统一,寻求对比而不是趋向和谐。"

他的这种处世哲学应用到了仁寺洞的再开发工程项目的设计中。在这项工程中,他选择了打破邻近城市的常规价值的限制和已经形成的观念陈腐的对比要素。这是一个几乎在韩国无法找到的建筑师提出的勇敢的计划。这位建筑师已经向他自己承诺,要找到用动感的、活跃的建筑表达方式来使城市重新恢复活力的方法。

他那建立在实用性基础上的自由的建筑观也许可以作为先驱而受到赞扬。他的真诚和严肃的解决方案在目前韩国黯淡的建筑界中是很难找到的。糟糕的是,他还一直在遭到反对者的围攻。

首先,到处泛滥的形式化用语充斥着当前的建筑界,毫无根据的保守主义与同质化的不实之风弥漫。

其次,处于难以预测的国际货币基金组织下的经济特点、毫无根据的职业的陈词滥调、平均主义的虚伪程序。

作品
Works

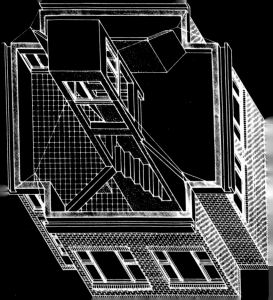

三套住宅

徐先生在城北洞的住宅
平昌洞　李博士住宅
安先生在洪陵的住宅

성북동 서선생댁 | 서울 성북구 | 1986
Seongbuk-dong Mr. Suh's Residence | Seongbuk-gu, Seoul | 1986

徐先生在城北洞的住宅
Seongbuk-dong Mr. Suh's Residence

莲镜堂背面景观

艺术工作室正面景观

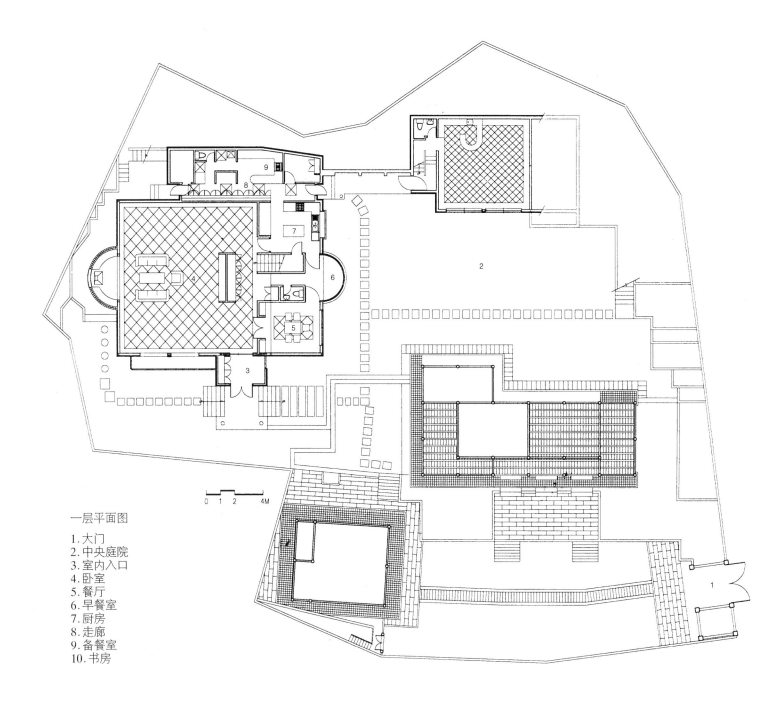

一层平面图

1. 大门
2. 中央庭院
3. 室内入口
4. 卧室
5. 餐厅
6. 早餐室
7. 厨房
8. 走廊
9. 备餐室
10. 书房

0 1 2　　4M

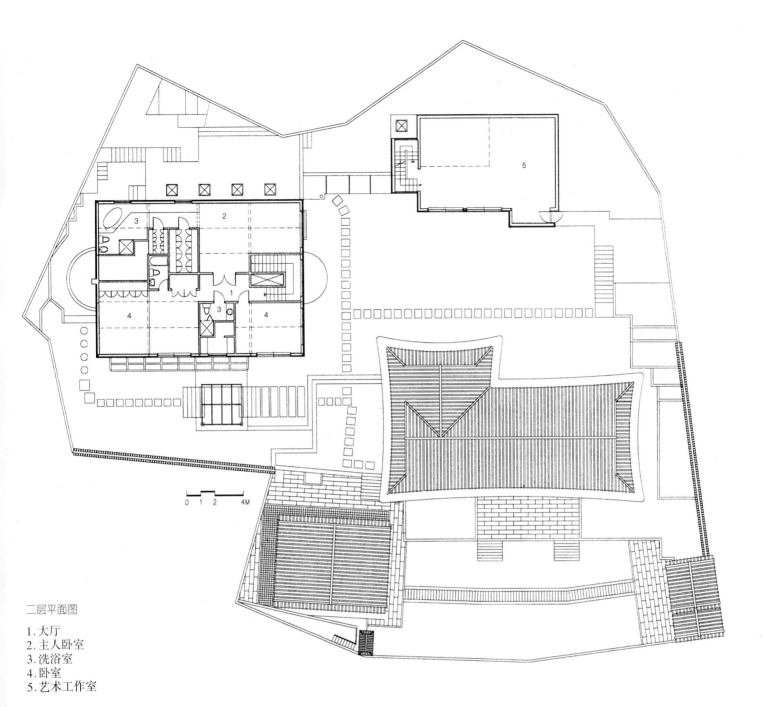

二层平面图

1.大厅
2.主人卧室
3.洗浴室
4.卧室
5.艺术工作室

宫殿图

在这所房子的设计构想上并未做新的尝试。这是一所韩国传统式的住宅，主人已经居住了 10 年。在隐密的花园中，莲镜堂的方案确定后，就有了这所韩屋的模型。它所使用的木材质量很好，总共花了 3 年的时间建成了这所住宅。

房子建造得非常出色。在我的记忆中，因为透风，在冬季非常冷。如果你有毯子的话，你得一直披着。但同时这座建筑的防风保护措施非常完善，你可以很快地适应内部的环境。大多数老式建筑均有一个大厅用于夏季避暑，在很长时间里这种方法是行之有效的。

现在，主要的问题是如何在老式建筑旁边建造一座现代派建筑。首先映入脑中的便是设计一座类似已存在的 han-oak 的景园式结构的新型住宅。换句话说，建造一栋新的住宅依从于已存在的老宅。当第二方案产生后，这一想法就被抛弃了。

第二种方案是创造出一种能与老式住宅和谐的、相似的氛围。但建造一栋房屋应该是一次创新的机会，所以第二种方案也不可取。

第三种方案便是建造与现存的 han-oak 完全不同的建筑。建筑师对不损坏老式建筑的原有印象满怀信心，并可以做得更好。

对新建的住宅逐渐明确了设计方向，因为房主是位东方绘画的艺术家，并对中国文学有着极深的造诣，当他对我们的方案表示同意时真是让人有点吃惊。

所有沿墙人工营造的环境都是用来保护我们免受雨淋和风吹，并且有助于我们摆脱寒冷和炎热的空气。为了营造出这种环境，传统住宅采用的是被动的方式，很深的悬挑和很高的基础可以在季风季节使居住地免受大雨的袭击。这种被动方法的优越性在很长一段时间内已经展现了出来。

但在都市化和建筑物密集区使用这种方法是有限制的。

在必要时一些机械方法已经发展并取代了这种被动方法。选择灵活的机械方法代替了上述被动方法，以调整这座房子的内部环境。这也是这所 Han-oak 与新宅的一个不同之处。

这一点在内部空间和外部空间上均有体现，既没有设计屋檐，也没有设计雨篷。

不像其他很深的阴暗的老房，这座房子的表面非常平滑，而且没有屋檐线。这座房子中没有任何阴暗的地方，相反，高质量的防水板可以有效地起到防雨和防风作用，而且这座建筑的表面是由隔热很好的墙和窗户组成。

内部空间的安排与现存房屋有所不同,这也赋予了公共空间和私人空间明显不同的特点。但这并不意味着公共空间与私人空间由于各自独立的特点而互相隔离,但这两部分空间的相互联系决定了它们不同的特点。首先,公共空间在房屋设计中起着重要的作用。

在设计初始,房屋的主人对公共空间的大小感到很惊奇。当私人空间的一些隔墙打开用作公共空间时,面积还可以更大一些。

居住空间必须是明亮和宽敞的。然而,为了获取明亮和宽敞的效果,必须扩展空间。

在这一点上,相对空间的面积与绝对空间的面积一样重要。与周围的环境相比,居住的房屋外表流畅,无结构而言,而且其普遍使用的内部空间与其他空间相比起到了主要的作用,并且一直很明亮。以上便是这座住宅的主要特点。

这些特点是由现存的传统住宅和两座新房屋所决定的,它的景观也是其主人精心照料的结果。

这座住宅尽管没有尝试什么新的重要的试验,但有简洁的外表。

中庭(中院)

莲镜堂西侧

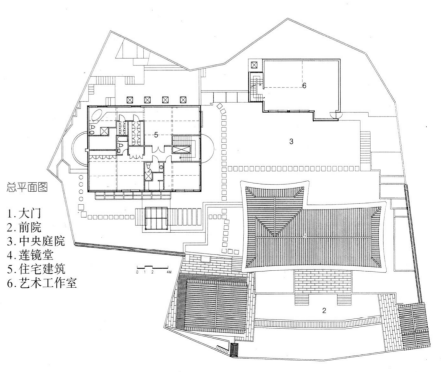

总平面图

1. 大门
2. 前院
3. 中央庭院
4. 莲镜堂
5. 住宅建筑
6. 艺术工作室

0 1 2 4M

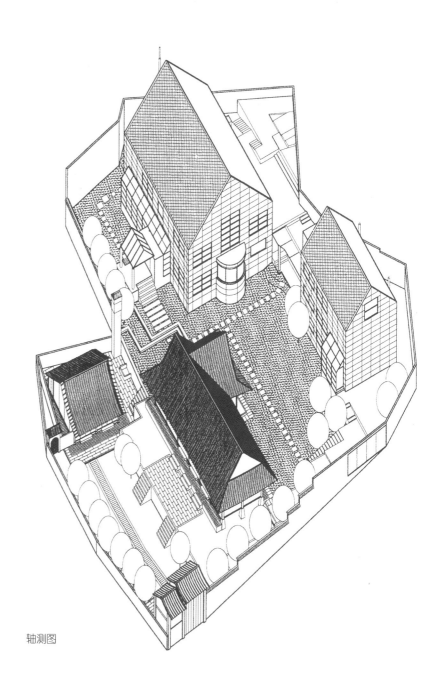

轴测图

莲镜堂北侧

莲镜堂南侧

东立面图

住宅建筑

莲镜堂前面

前页:中央庭院

前院

早餐室外景

起居室

早餐室

餐厅

主人卧室

走廊

卫生间

平昌洞 李博士宅

Pyungchang-dong Dr . Lee's Residence

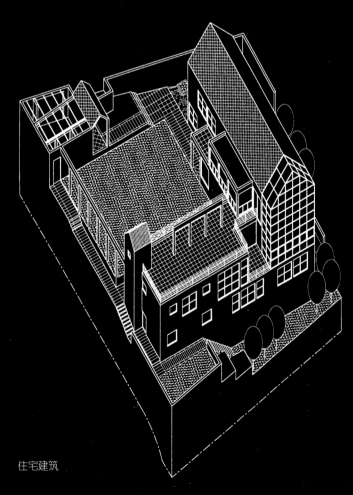

住宅建筑

远景

二层平面图
 1.屋顶平台
 2.大厅
 3.浴室
 4.办公室
 5.主人卧室

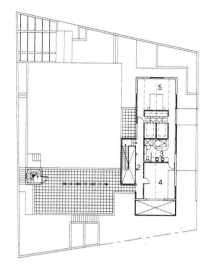

一层平面图
 1.大门
 2.中央庭院
 3.室内入口
 4.起居室
 5.卧室
 6.厨房
 7.工作室
 8.卧室
 9.浴室

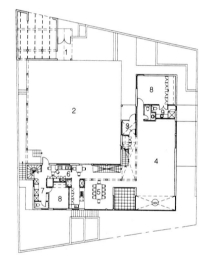

地下一层平面图
 1.起居室
 2.卧室
 3.厨房

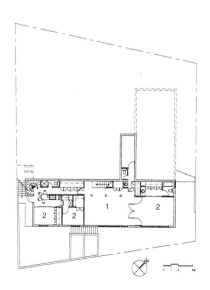

这座坐落在平昌洞的住宅的东面有一个山谷，自南向北蜿蜒曲折。

山谷的那片土地有一个陡峭的斜坡，并种有很多美丽的松树。山坡太陡不宜建造房屋。最早对此处土地的住宅规划和现在有所不同，是其他建筑师设计的在入口的公路上修建的住宅区。但在正式动工前，又出台了一个新计划。在新的蓝图中，最常使用的空间(例如居室和饭厅)是建在山谷沿岸的路上，以便最大限度地利用周围的环境。

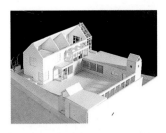

中庭模型

结果要在住宅西南的大门内安排修建一座庭院。卧室不得不建在北边，整栋房子也不得不改变形状。房子的北部打算建成两层高，东部尽管也是两层，但却是一层在地上，另一层在地下。

整个都是朝向东面的房子，从那个方向上看是一栋二层的小楼。

住宅中心的庭院被东北部的房子包围了起来。在南面这栋住宅与邻近的两层小楼有一墙之隔，庭院的面积是 13 m×13 m，这其中包括车库和西边的大门。

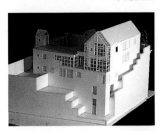

模型东北侧全景

厨房、饭厅和客厅沿着东面覆盖着草坪的山谷设计，并可以全揽东面的山谷和松树交相辉映的景色。室内空间由于有玻璃墙透过来的充足的自然光，因此十分明亮。来自山谷的凉风在夏季总能带给人清新和凉爽的环境。到了冬天，足够的太阳能有助于供热。这座房子是为主人一家三代的居住设计的，包括他的父亲和儿子。

北面的二层是主人用房，楼下是其父亲用房，东面的地下室是他儿子的房间。他们各自的房间与公共空间很好地相连，但又完全隔开。

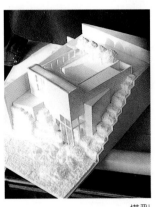

模型

将 28% 的建筑覆盖率考虑在内，总面积是 187 m²，实际建筑用地是 655 m²。房子规模并不算小，尽管从马路上看上去是简单的二层小楼。

房子的实际面积从穿过山谷的斜坡上可以一览无余。

房子的外墙上并没有什么悬挑，表面是大面积的玻璃，有很好的隔热性能。玻璃的厚度是 150 mm，被嵌在 2 m x 6 m 的木质框架上，50 mm 厚的苯乙烯泡沫制成双层干燥系统。整栋房子能有效地防止能源流失，在木地板下面安装的热水管可以供给整栋房子热量。

除了主人父亲的卧室外，所有的空间都是用红色橡木装饰的。在铺地板时可以惊奇地发现地板下有热水供热系统，18 mm 厚的红橡木板安装在热水管表面的导热金属板上，木板连续经过几次干燥后才使用，以防日后因缩水而变形。

木头的含水量很低，接近于 0.3%。当十月份天气干燥时，才进行木质地板的安装。

主人在这栋房子里做了几次试验，一些建筑自动化系统的专家反复研究，以便检验出是否可以在设计早期尝试安装某种自动化的控制系统。然而由于必需的硬件有效性的限制，当房子开始建造时不得不放弃这个想法。

将卧室、餐厅、厨房都安排在山谷一侧,可以最大限度的观赏外面的风景

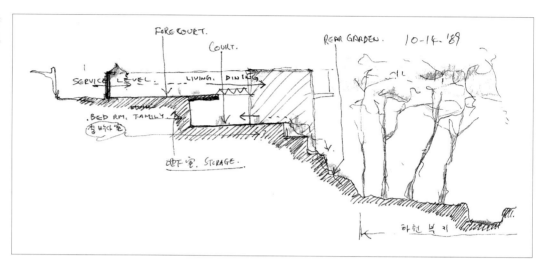

住宅坐落在用地的北侧,在南侧被二层建筑围绕的院子里设置了柱廊,以保证私密性

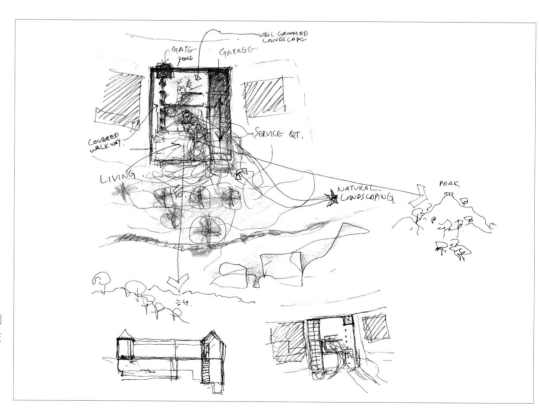

屋顶花园

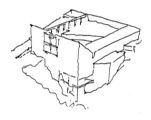

屋顶花园

餐厅和起居室外部

起居室

餐厅

起居室

起居室天花

卧室

餐厅

홍릉 안선생댁 서울 중랑구 | 1995
Hongreung Mr. Ahn's Residence Jungrang-gu, Seoul | 1995
安先生在洪陵的住宅

Hongreung Mr . Ahn's Residence

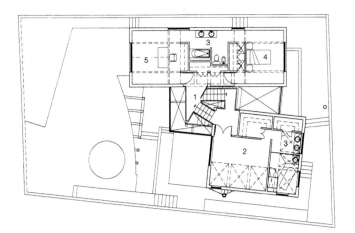

二层平面图
1.大厅
2.主人卧室
3.浴室
4.卧室
5.书房

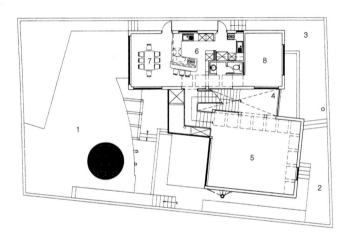

一层平面图
1.花园
2.酱缸台
3.工作庭院
4.大厅
5.起居室
6.厨房
7.餐厅
8.卧室

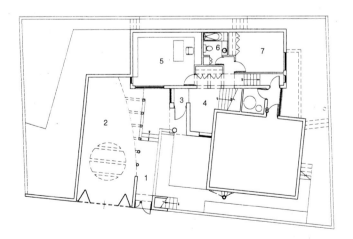

地下一层平面图
1.大门
2.车库
3.入口
4.大厅
5.书房
6.浴室
7.卧室
8.锅炉房

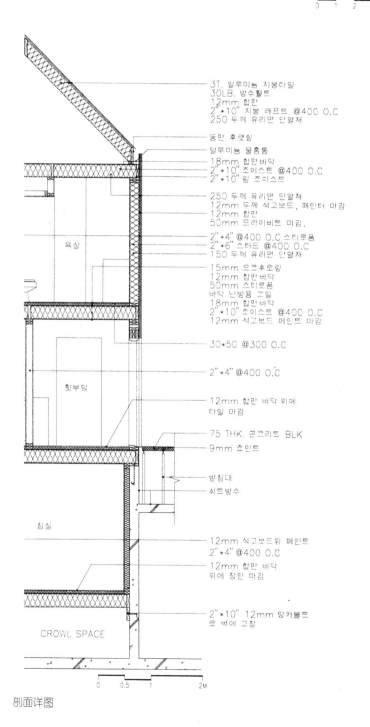

剖面

1. 主卧室
2. 浴室
3. 阁楼
4. 大厅
5. 起居室
6. 厨房
7. 卧室

0 1 2 4M

3T. 알루미늄 지붕타일
30LB. 방수휠트
12mm 합판
2"*10" 지붕 래프트 @400 O.C
250 두께 유리면 단열재

동판 후랫싱
알루미늄 물홈통
18mm 합판바닥
2"*10" 조이스트 @400 O.C
2"*10" 림 조이스트

250 두께 유리면 단열재
12mm 두께 석고보드, 페인터 마감
12mm 합판
50mm 드라이비트 마감.

2"*4" @400 O.C 스티로폼
2"*6" 스터드 @400 O.C
150 두께 유리면 단열재

15mm 오크후로링
12mm 합판바닥
50mm 스티로폼
바닥 난방용 코일
18mm 합판바닥
2"*10" 조이스트 @400 O.C
12mm 석고보드 페인트 마감

30*50 @300 O.C

2"*4" @400 O.C

12mm 합판 바닥 위에
타일 마감

75 THK. 콘크리트 BLK
9mm 죠인트

받침대
쉬트방수

12mm 석고보드위 페인트
2"*4" @400 O.C

12mm 합판 바닥
위에 장판 마감

2"*10" 12mm 앙카볼트
로 벽에 고정

CROWL SPACE

욕실

횟부엌

침실

0 0.5 1 2M

剖面详图

这座住宅在南面与洪陵东北角的一座小山相邻,位于几个安静的住宅区之一,在西面与一座以环境美丽而闻名的研究院相毗邻。

房子的周围环境有一个宽敞的视角。这座建筑物的用地面积只有 380 m²,高出公路平面 3 m。

更糟糕的是,斜坡状的用地向南部倾斜而上,看来在那里建造任何房子都是很困难的。房子的主人要在那里建造供三代人(包括父母和儿子)居住的住房。

由于每个家庭都需要隐私权,这一点尤其体现在主人和他儿子的房间上。他们的私人空间被分别安排在两栋相邻的楼里。为了解决刚刚提到的斜坡和高于地面 3 m 的土地的位置问题,两栋房子不得不分别建造,中间有半层楼的高差,这样可以同时满足倾斜度的条件以及两个私人空间的独立性。

在 30% 的建筑覆盖率中容纳了 300 m² 的建筑空间。这座建筑由地上 2 层和地下一层构成,这样就形成了相当高的垂直度。虽然这个建筑是一个用于居住的小型建筑,但它的组织系统与那些复杂的建筑一样,是城市空间的一部分。因为两栋建筑实际并不平行,而是成 7° 的夹角,为大家共享的第三空间便在两栋建筑物之间产生了。

与其他普通建筑物的表面不同,这个空间是由若干块玻璃和裸露的木质框架组成的。

楼梯间作为一种连接地板的方式,使两栋建筑在这里相连。每一座房屋的水平面都做了调整并以稍有不同的角度和形状相连。门厅在住宅的最低层,而且更大的空间由玻璃覆盖,在室内空间里可以通过种植植物来营造自然环境。

所有起居室、厨房和餐厅都与住宅的中央的垂直空间相连,这样既有一种开放感又可得到新鲜的空气。当然,中央的楼梯间在这个空间中起着最重要的作用。

这些楼梯间是由 9 mm 厚的折叠的金属板构成。12 mm 的胶合板与 18 mm 的橡木地板在表面胶合在一起,以避免楼梯的倾斜。在这个结构的底部有 9 mm 厚的钢板作为支撑结构。扶手是由 Φ15 mm 厚的钢杆组成,间距为 110 mm。钢杆同时起到支撑作用。楼梯底部为金属板。当这一切建好之后,楼梯出现的偏移便彻底解决了。

大厅是在住宅的最低层,高度距公路平面 1.5 m。车库也建在距公路表面的这个高度上,屋顶比一层的高度要矮 1 m,因此它的屋顶可以用作住宅的花园。

这座住宅的结构由木质框架组成,外部空间由厚度为 50mm 的苯乙烯泡棉干燥系统构成。外部空间的较低的部分和房屋的地面均由花岗岩铺成,内部空间的结构则同密拉尔学校的结构在很多方面是相同的。

木家具部分细部图

墙框架

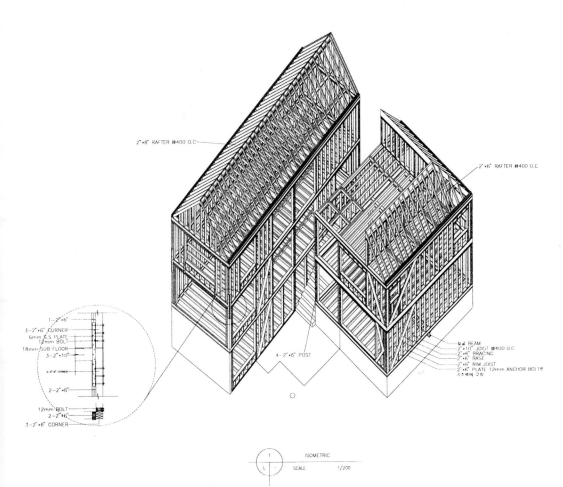

框架轴测图

中央楼梯

南侧景观

东北侧景观

85

东侧围墙

花园

入口路

入口路

浴室

楼梯

前页：南侧全景

厨房

室内入口

楼梯模型

楼梯模型

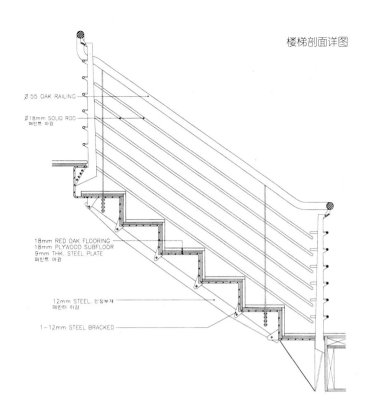

Ø 55 OAK RAILING

Ø18mm SOLID ROD
페인트 마감

18mm RED OAK FLOORING
18mm PLYWOOD SUBFLOOR
9mm THK. STEEL PLATE
페인트 마감

12mm STEEL. 인장부재
페인터 마감

1-12mm STEEL BRACKED

楼梯

楼梯

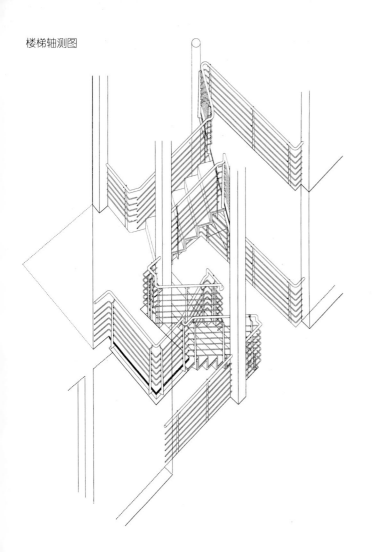

楼梯轴测图

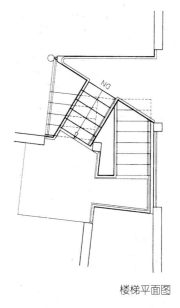

楼梯平面图

楼梯

起居室

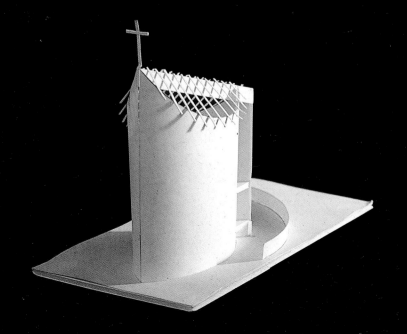

宗教·教育建筑

全州大学教堂
密拉尔学校
江边教堂

宗教·教育建筑

全州大学教堂
密拉尔学校
江边教堂

全州大学教堂

The Chunjoo University Chapel

北侧全景

校园模型

全州大学总图   西南角

南立面图

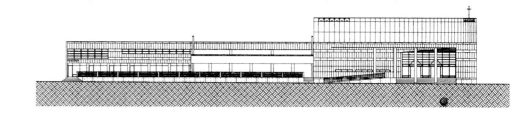

北立面图

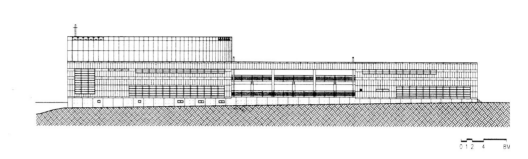

屋顶平面图
1.礼拜堂上部
2.屋顶

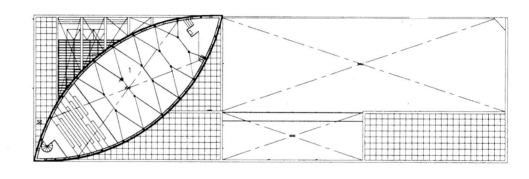

二层平面图
1.平台
2.唱诗班练习室
3.教授研究室

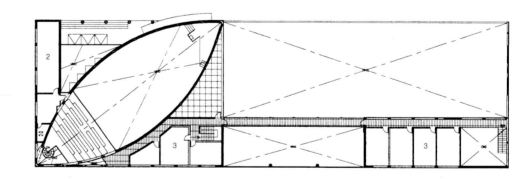

一层平面图
1.教堂庭院
2.花园
3.大厅
4.礼拜堂
5.婴儿室
6.牧师室
7.劝戒室
8.教会办公室
9.厨房
10.会议室

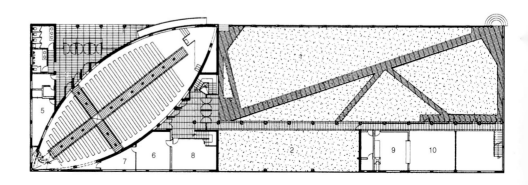

从教堂庭院看建筑

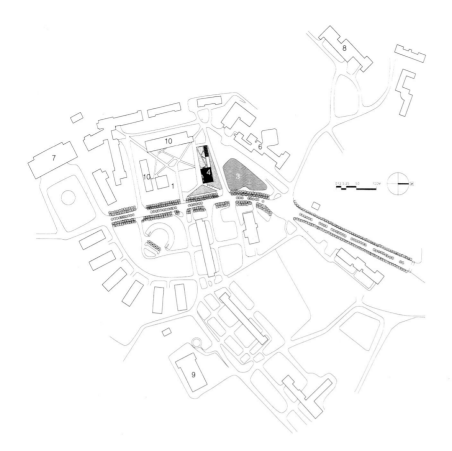

南侧景观

在全州大学的礼拜堂、江边教堂和密拉尔学校这三座与教堂相关的建筑中，全州大学礼拜堂是第一座在建筑内举行开幕仪式的。这三座建筑物有相同之处。最显著的相同特征是结构体系。钢结构与裸露的混凝土结构连在一起，而且自然光可以通过玻璃或半透明的多碳材料的屋顶照射到休息厅和中厅等主要空间。现在有一条自南向北的林荫大道穿过校园中央，在其两旁有一些未被使用的土地。礼拜堂的问题在于与周围的林荫大道一起创造室外空间，赋予校园环境以秩序。

夜景

沿着林荫道下去，映入眼帘的是路两边的学生礼堂和中等大小的池塘，之后街道的坡度上升。当沿着这条倾斜的街道走得更远时，右侧有未使用的空地。通过将礼拜堂长长的矩形框架定位在池塘和它旁边的空地之间，池塘就被主要的林荫道、艺术学院和礼拜堂所包围，并使它成为完美的可供人们休息的风景地。

北侧景观

等以后大学的研究生院和主要的行政楼在空地的西面和南面建好后，礼拜堂南部的空地按计划应发展成为大学的中央室外空间。在长长的矩形的礼拜堂框架内另有一个矩形的教堂庭院，坐落着礼拜室及其附属建筑。教堂的庭院有礼拜室的三至四倍大，是一块由礼拜堂、附属用房和墙所环绕的室外空间。向南看，大学的中央室外场地映入眼帘。教堂的庭院是在周日的礼拜后用于聚会的，在有特殊事件时它也作为户外场地举行礼拜仪式或供学校使用，例如复活节或学校的毕业典礼。

按照规划，礼拜堂的礼拜室最多可以有300个座位，但随着以后的计划，它的附属建筑——教授的研究室和会议室被加了进去，礼拜室的座位添加到了350个。现在礼拜堂已经有了阳台和总计1 098 m²的占地。由于礼拜堂坐落在校园内，拥有全州市郊相对较好的环境，它便与江边教堂形成了鲜明的对比。江边教堂修建时由于土地的限制遇到了很多的困难。现在礼拜室的形状在设计的最初期就已经显现出来。在初期阶段，礼拜室的空间占据了所有空间，现在礼拜室的形状在整个由玻璃幕墙构成的礼堂外部显现出来。那时，大家对玻璃幕墙的保养和玻璃破碎的问题进行了讨论，玻璃幕墙的方案也就被抛弃了。随着附属建筑物和会议室的不断增多，现在供礼拜室的空间在矩形的建筑框架中被勾勒出来，整个建筑的上层部分和屋顶清晰地显示出来。屋顶由暴露的钢管结构的屋架构成，在整体外观中显得极为轻盈，就好像在矩形的建筑物顶部飘动一样，并且这个屋顶可以通过高高的天窗玻璃表面向礼拜室内引入足够的阳光。礼拜室内部由裸露的轻混凝土块砌成。教堂办公室、牧师办公室、咨询室、会议室和教授的研究室是沿着北面的墙安排的，以便可以一览池塘及其周围环境的美景。

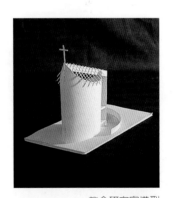

教会研究室模型

早期方案

江边教会模型

东北角

连接桥

南侧

西南侧全景

1.礼拜堂
2.门厅
3.教授研究室
4.牧师室
5.锅炉房

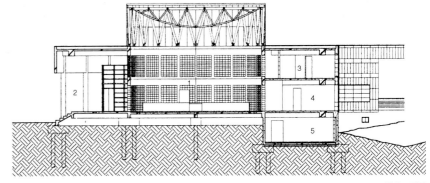

纵剖面图

平台下面

1.礼拜堂
2.平台

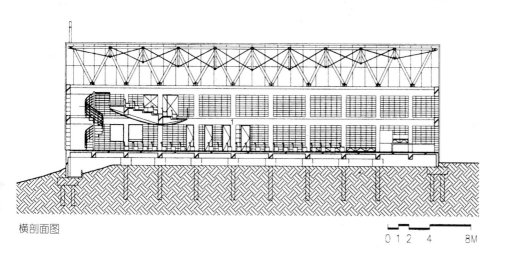

横剖面图

0 1 2　4　　8M

礼拜堂上部

屋架细部

屋架细部

屋架细部

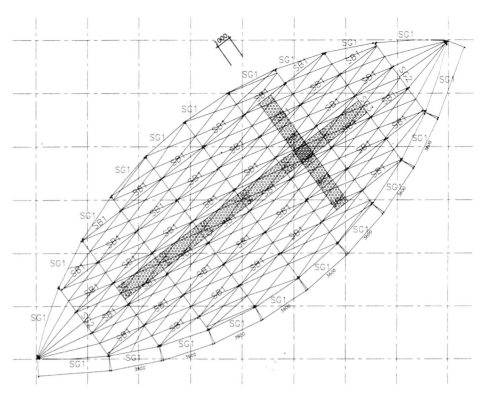

屋顶结构平面图

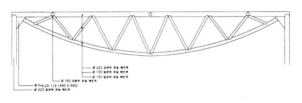

屋架立面图

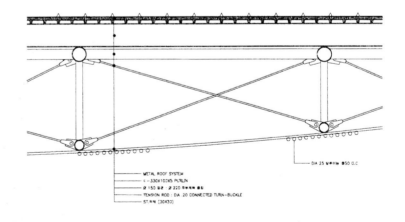

METAL ROOF SYSTEM
ㄷ-330X100X5 PURLIN
∅ 150 철골관 및 220 철골관 용접
TENSION ROD : DIA .20 CONNECTED TURN-BUCKLE
ST.각파이프 (30X30)

DIA 25 알루미늄 ∅50 O.C

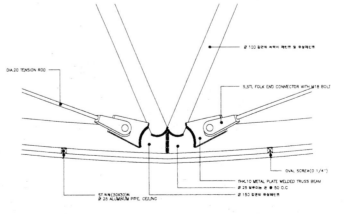

∅ 100 철골관의 꼭대기 페인트 및 무광페인트

DIA.20 TENSION ROD

S.STL FOLK END CONNECTOR WITH M18 BOLT

OVAL SCREW(0 1/4")

THK.10 METAL PLATE WELDED TRUSS BEAM
∅ 25 알루미늄 관 ∅ 50 O.C
∅ 150 철골관 용접

ST.각파이프(30X30)M
∅ 25 ALUMINUM PIPE CEILING

屋架剖面详图

礼拜堂后面

后页：屋顶构造

118

正面景观

中庭

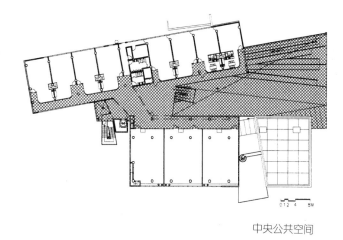

中央公共空间

东侧景观

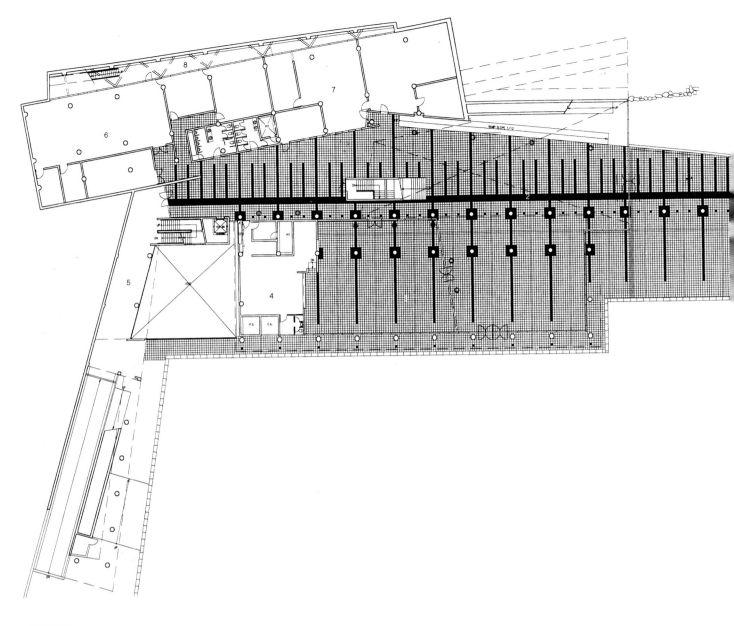

一层平面图
1. 前院
2. 中庭
3. 餐厅
4. 厨房
5. 第二入口
6. 小厅
7. 基金会办公室
8. 干燥地带

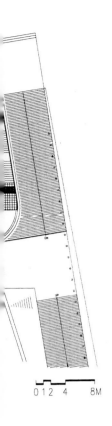

0 1 2　4　　8M

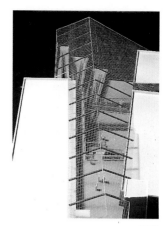

模型
Model

中庭模型

中庭

屋顶层面图

1.中庭顶
2.普通教室
3.特殊教室

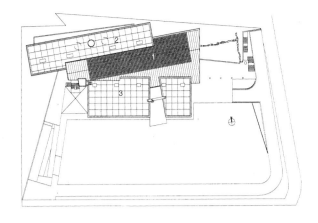

四层平面图

1.中庭
2.普通教室
3.特殊教室

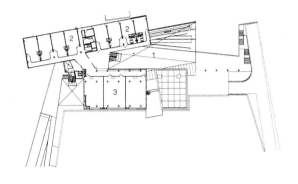

三层平面图

1.中庭
2.普通教室
3.特殊教室
4.健身房

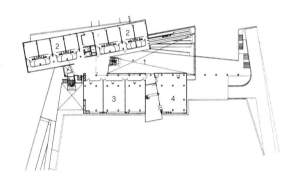

二层平面图

1.中庭
2.普通教室
3.教师办公室
4.校长办公室
5.特殊教室

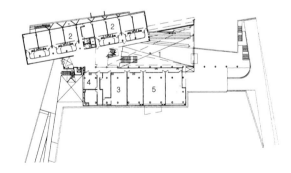

一层平面图

1.中庭
2.餐厅
3.厨房
4.小厅
5.基金会办公室

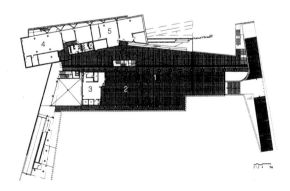

密拉尔学校的设计灵感来源于一座教堂。这座教堂希望拥有一座自己的建筑但却极少使用,造成资金的浪费。教堂主楼仅在每周日使用一次,在其余的日子里很少使用。在建造这座建筑时花掉了大量的金钱,但由于缺少为公众使用的区域,空间设计简直就是一种浪费。

为了充分利用建设资金,很偶然成为建设投资方的南汉城恩惠教堂决定将建设资金投入到教育学院的建设上。他们同时考虑将密拉尔学校的部分区域在周末用做教堂的活动。实际上,将教堂用做公共会议厅,或将学校的体育馆或大礼堂出租用于宗教活动在国外已经司空见惯。决定了要将工程建设成为集教育和宗教功能于一体后,南汉城恩惠教堂决定为残疾儿童建造教育设施。那些孩子因为没有接受到正规的教育而变得与社会隔绝。他们还决定为残疾儿童建立一所专门的学校。实际上为残疾儿童建学校极为重要。但在很多国家,他们在公立学校体系中对正常的普通学生和残疾儿童共同进行教育。除了医疗机构,很难再找到专为残疾儿童建立的学校了。就大楼的使用来说,密拉尔学校不仅为残疾儿童提供教育,而且为接受过教育的残疾儿童的父母以及帮助残疾学生的志愿者和工作人员提供教育。同时,大楼还将起到研究的功能。基本上,密拉尔学校的主楼不仅为残疾儿童服务,而且也在为社会进步做出贡献。

这项工程于 1995 年开工,最初在坐落在汉城的东南部的 Su-Suh 地区购买了一所新建成的小学,占地总面积 9 832 m²,森林区从东部向北面穿过。它对面是 Samsung 医疗中心,更使这里成为一处宜人的校址。

在这片相当大的土地上原计划建成 9 958 m² 的校区,以便学生家长、志愿者和学校工作人员可以随意进出。考虑到这一点,儿童的教学区必须有专门的出入口以免受其他人员的干扰。第三、四层是教学区,第二层是教师的实验室和研究室。在二层还专门设立了方便孩子们出入的出口。在一层设有一个咖啡厅和多功能的公共区域。幼儿园的教室不得不设在四层,实际上这一点是设计时的主要负担。也许最简单而理想的是将所有的教室放在一层,这样可以方便孩子们的教学和活动时出入方便,但鉴于有限的土地面积,幼儿园只能放在四层。

每间教室都与主走廊和公共区相连。这座建筑将中庭作为开放式的走道和公共区域,以便将所有楼层连在一起,看上去浑然一体。在西面设置一个坡道,为孩子们的单独入口再设一个出口,但它同样也降低了整座建筑的高度。主要的楼梯分为两种,连接一、二层的楼梯由混凝土筑成,而再上面的一层则是由轻型的管状结构做成。二层至三层的楼梯与三层至四层的楼梯有一些轻微的偏移,这样轻型的钢管结构的楼梯便能使孩子们上三楼与四楼时有着稍微不同的感觉,以使他们上下四层楼更加容易一些。

支墩

北侧面景观

西侧坡道

中庭地面

中庭坡道

中庭屋顶

中庭屋顶

在这块土地的北面是种满树木的小山。在小山与这块土地之间是一块陡峭的土地缺口。这座建筑就在这块土地北面的边界上。这样,就可以拥有朝南面的最大面积的操场了。那就使得这座建筑物与土地缺口处的斜坡相连。沿着这个斜坡可以修建与每层相连的室内坡道,由一层楼一直通到四层楼。

建筑的中庭与四层楼相连,组成一个整体的开放式空间,这样就可以帮助孩子们在心理上克服对高层的恐惧,更为有益的是它将在教育活动中起到重要作用。艺术类的孩子们是十分活跃的,无论天气如何,这座大厅都可以为孩子们提供活动的空间。它同样可以作为孩子们学习社会技能的空间。这座大厅可以为孩子们提供一个认识和结交他人的机会。大厅由三个部分组成:第一部分是整栋建筑北部的教室区域;第二部分是容纳特殊活动的教室;第三部分是沿着整个土地缺口修建的弯道。东面和西面是四层楼高的玻璃幕墙,这样可以通过透明的玻璃墙顶部透过的日光营造出一个舒适的自然环境。教室、特殊活动室和对着中庭的办公室是由玻璃制成的,并且与主要的走廊相通。为了使教室和每一层楼面能够对中庭开放以创造出一种宽敞的感觉,但却产生了与规则要求的地板分隔和防火分区相矛盾的难题,包括特殊活动建筑外墙表面的铝制板材的建造。建筑工人热情地参与和提出了富有创造性的建议,对这座建筑的顺利完工有很大的帮助。与不同领域的工人一起工作是值得记住的经历。在建造过程中使用了各种材料,例如玻璃墙体系、夹层板材、基础板材、特定教室用的表面铝制板材、裸露的混凝土结构以及各种裸露的钢铁构架。为了塑造一种热烈的气氛,使用了大量的原材料和多种色彩。众所周知,目前的教育环境极差,而那些残疾的学生甚至连这些简陋的设施都没有。密拉尔学校想在教学建筑上作出示范和榜样。中庭采用日光照明,教室所使用的照明设备发出的光接近于自然光,这样可以使楼内部的环境对学生和教师的眼睛更为有利。建筑采用地板供热系统供暖,学生们可以坐在地板上学习和做游戏。为了降低楼层的高度,部分天花板的水泥结构都被隐藏了起来,因为暴露在外的混凝土天花板不可能安装通风和制冷的管道。提供大量低风速空气的 ABB 系统解决了这个难题。专门设计的照明系统安在独立的并已成为可见的建筑构件的 ABB 系统顶部。密拉尔学校在建设进程中遇到了一些包括技术难题在内的问题,不得不改变设计的初衷和推延建设的进程。因为当地居民反对建造这样一所为残疾人设立的学校。而犹豫不决的政府官员也不能坚定地执行法律。我曾经居住在一所小学的前面,能够理解学校操场上的噪音带给人们的不便。那也是为什么一开始选择了土地的南端作校址,以使当地居民免受学校操场噪音的干扰。

但是,在建造这座建筑的过程中,建筑的位置却遭到居民的反对。总平面不得不重新修改,建筑物不得不移到北面。站在学校的视角上,操场位于南面是可行的。我们希望这所学校能够帮助那些对残疾人抱有歧视观念的人们能有所改变,能够携手克服这种自利主义。

正因为如此,学校的公共空间和中庭才有很多重大的意义。与那些沿着狭窄走廊的教室相比,这些面向宽敞中庭的教室可以提供公共空间,使孩子们一起快乐地成长,进而孩子们还能学到与别人共同承担责任。对于这块可以创新使用的公共空间,很多人们正在接受它。

欣赏一座建筑并喜欢上它,并不是因为其蕴藏的美,而是它蕴藏了创造新生活的可能性以及新生活的启示,那也是为什么建筑不能被当做简单的真实物体加以评判的原因。学校希望不再有残疾学生与社会隔离和失去接受完全教育的权利!

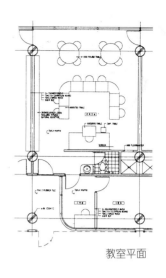

教室平面

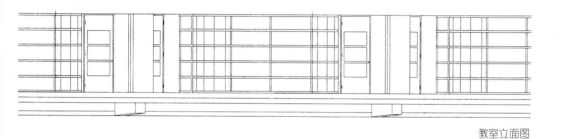

教室立面图

教室正面图

中央楼梯

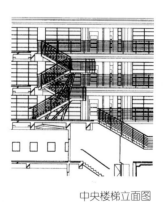

中央楼梯立面图

中央楼梯平面图

131

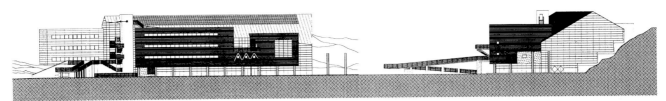

南立面图

东立面图

横剖面图

1.中庭
2.门厅
3.楼梯
4.停车场
5.机房

东立面图

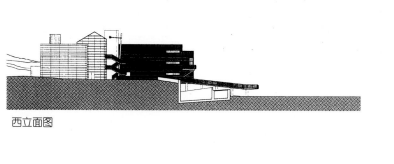

西立面图

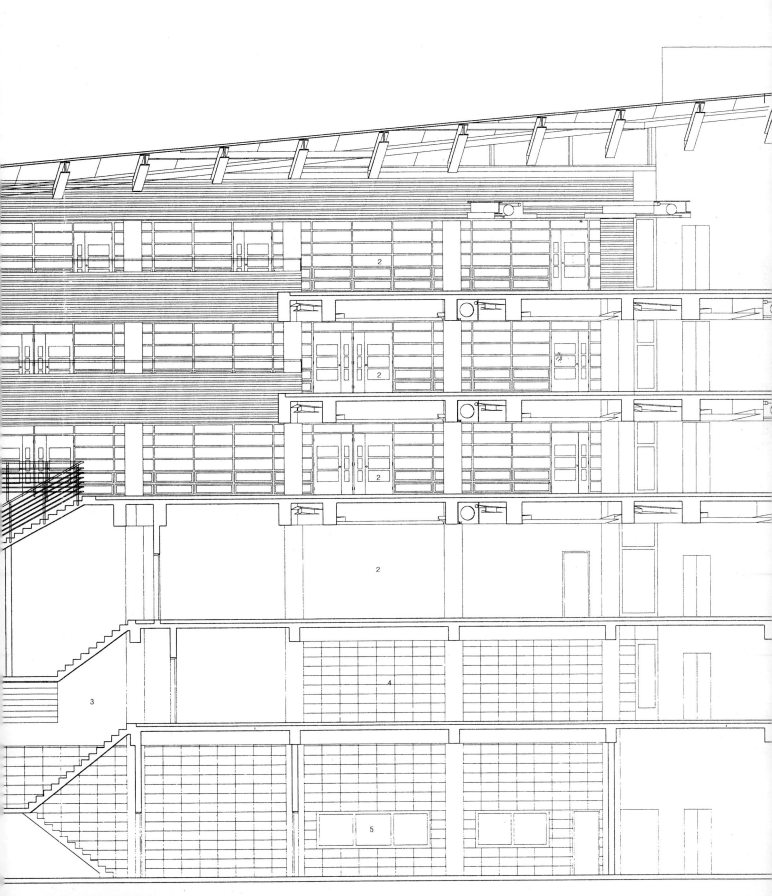

前阳台

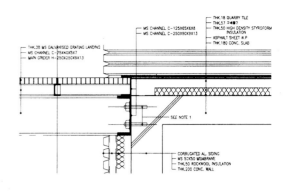

剖面详图

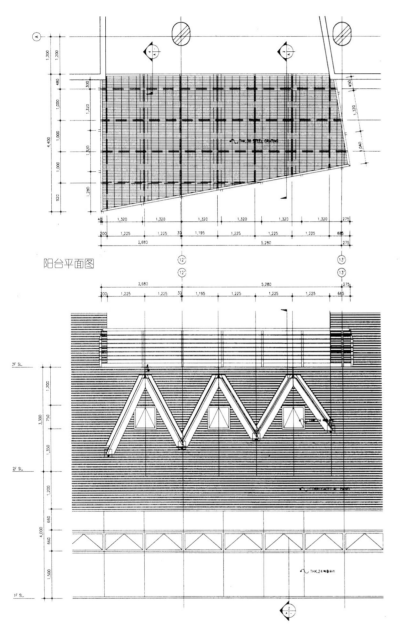

阳台平面图

阳台立面图

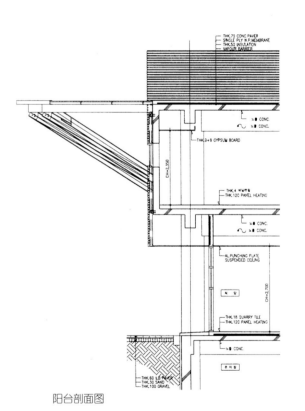

阳台剖面图

前阳台

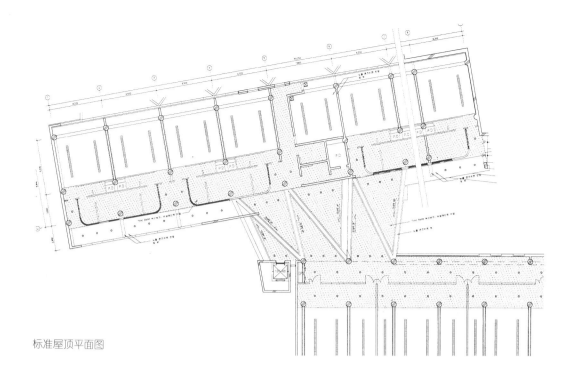

标准屋顶平面图

健身房

教室前面景观

门厅

紧急楼梯

中央楼梯

中庭坡道　　中庭地板

中央楼梯

江边教堂

Kangbyun Church

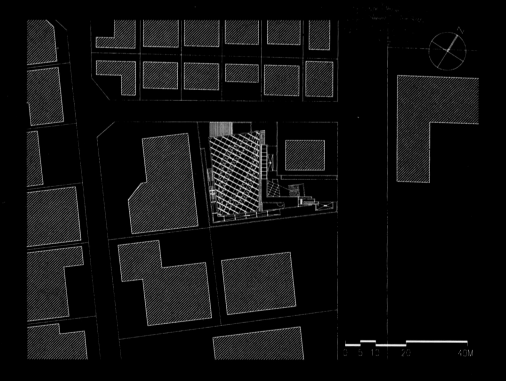

0 5 10 20   40M

模型

礼拜室后面

模型

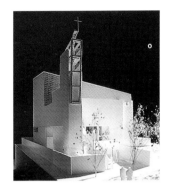

前面

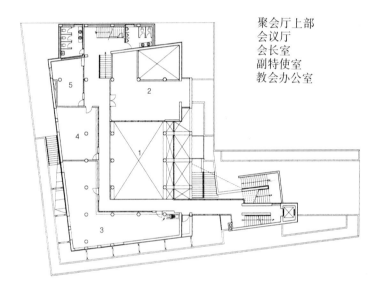

聚会厅上部
会议厅
会长室
副特使室
教会办公室

二层平面图

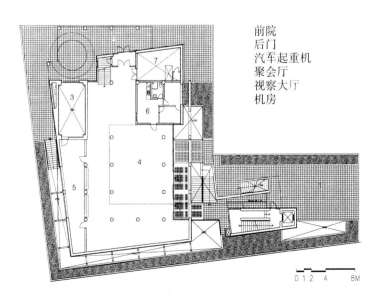

前院
后门
汽车起重机
聚会厅
视察大厅
机房

0 1 2 4   8M

一层平面图

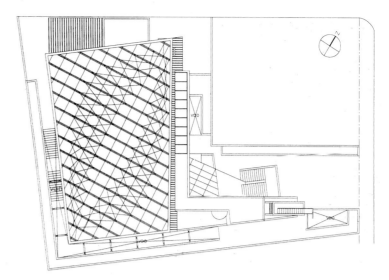

屋顶层平面图

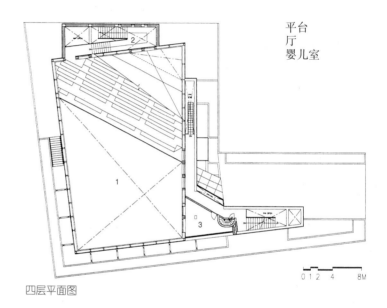

平台
厅
婴儿室

0 1 2 4   8M

四层平面图

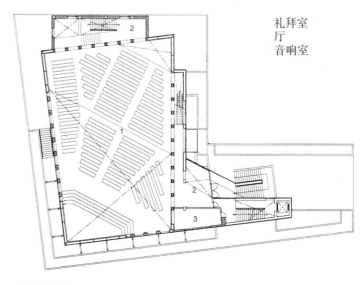

礼拜室
厅
音响室

三层平面图

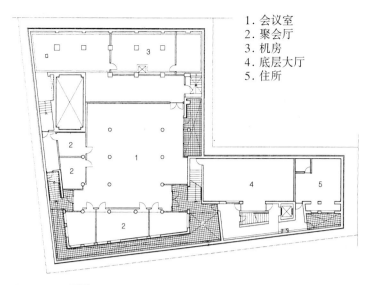

1. 会议室
2. 聚会厅
3. 机房
4. 底层大厅
5. 住所

地下2层平面图

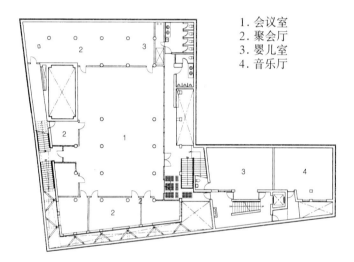

1. 会议室
2. 聚会厅
3. 婴儿室
4. 音乐厅

地下1层平面图

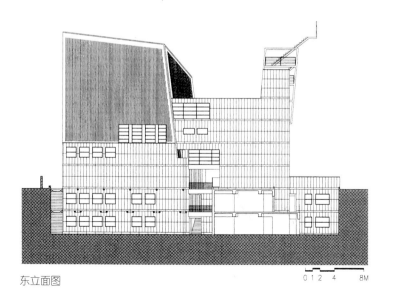

东立面图

0 1 2 4 8M

江边教堂的设计工作持续了三年多的时间。最重要的是教堂用地的形状独特，看起来像是缺少四个角的矩形。在设计初期打算将礼拜堂建在地下，以便最大限度地利用土地。

当计划作完之后，还要重新考虑购买四个角的土地的可能性。既然场地足够大，可以将礼拜堂移到地面之上并且装有玻璃幕墙，这样可以充满阳光，变得更明亮。

在玻璃教堂的外面建了一面墙，与周围建筑隔开。当此计划作好后，建筑物转角处的土地便明显没有用了。然而，教堂建在了地面之上，玻璃墙盒子最终只是局限在了玻璃屋顶。人们一贯的观点便是礼拜堂应是充满阳光的、明亮的。

在礼拜堂中安装的富于戏剧性效果的照明设施只是临时的，它只是为了特定时间、特定摄影效果或角度而临时搭建的。

即便是这样，它对礼拜堂的日常活动的作用也并不大。我并不否认人们在祈祷或礼拜时会经历一种神秘的感觉，但教堂并不应为了那种神秘感而建立，然而最一致的看法便是光是礼拜堂中最重要的因素。从黑暗的大教堂的彩色玻璃中投进来的光是在大教堂建筑时期能带来的最强烈的光明。光线充裕的现代化的开放式礼拜堂提供了一个舒适的环境，但同时也表达了上帝的恩宠无处不在。

最主要的一点是使教堂的每一个角落都趋于完美。

教堂建筑并不需要特殊的形式来表达象征，同时也没有必要建一座建筑仅仅作礼拜用。教堂的建设应使用最好的技术，并全心地投入，同时又能收到最好的效果。钢结构的屋顶便体现了最完美的技术效果。那个屋顶可以允许光最大限度地穿过屋顶，教堂本身不应因其作用而变得神圣起来。教堂建筑被认为是用于祈祷、讲道、礼拜的场所，也是有共同信仰的人们集会的地方。这才是建造这样一座建筑的关键。

我知道礼拜有某种固定的模式，这种模式可以非常传统也可以有新意。因此，我并不想在设计这座教堂时给人以某种提示。礼拜堂四周的墙并不是平行的，屋顶沿着对角线的方向有一个坡度。同样，有一面墙是倾斜的，以避免四面墙在方向安排上的雷同。

因为屋顶的坡度是沿着对角线方向的，整个空间的中线便由西南角到东北角贯穿下来。自然，二楼的阳台是垂直于对角线的，以便可以将座位面向西南角设置，这样便于衔接从东面楼梯上下的人们。

教堂并没有通过塑造某种特别的造型来表达象征意义的设计意图。

这所教堂的外表或其要表达的东西与其本身的内容并无太大的不同。建筑外部表达的是要将具有特定用途和独一无二个性的空间围绕起来。电梯塔顶部的踏步和顶部的十字架都有某种含义。

十字架的设置在设计之初便酝酿于脑中。它被解释为《旧约》中雅各布的天梯。象征着教堂的十字架便镶嵌在通往天堂的雅各布的天梯上。好的建筑不需要任何修饰，特别是教堂的建筑不应有任何有意的修饰。教堂的建筑不需要什么解释，它应在实践中被感知。

雅各布的梯子

早期方案

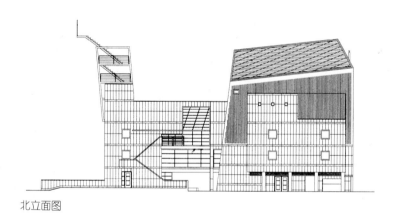

北立面图

1. 小教堂
2. 会员厅
3. 会议厅
4. 底层大厅
5. 婴儿室

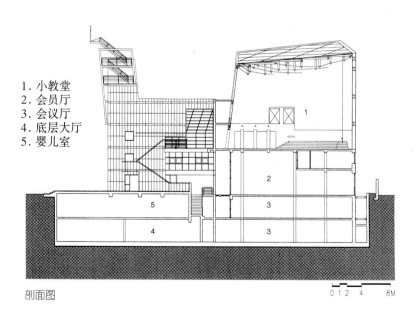

剖面图

0 1 2　4　　8M

模型

在拥挤的街区建造这样一个教堂确实是一个挑战。

所有的空间都被限制了高度,并且规划中它后面的建筑已经投入使用。

1 055 m² 的土地面积及 614 m² 的建筑用地显示出土地使用的高效性。法律规定的建筑覆盖率是 60%,而这座教堂建筑的覆盖率则为 58.22%。必须具备两层地下室供教学使用,同时地上四层还须满足除教学以外的所有功能。这座楼房的三个侧面都是干燥的地区,这样可以使楼内最低的地方也得到阳光。在这个部分,承重墙的高度超过了 6 m,在承重墙的中部和顶部放置钢管支撑,这样整栋楼房便可以承担承重墙的水平压力。这座建筑有地下二层、地上四层,占地总面积为 3 355 m²。建造三层以下时使用了加固的混凝土,三楼以上使用的则是钢架结构。

整座建筑共有 3 个重要的楼层,这样可以在电梯出故障时使人们顺利到达 6 层楼中的任何一层,但这仅仅供上年纪的人和残疾人使用。这三个楼层便是礼拜堂所在的三层、一层和最低但很干燥的地下二层。在某种程度上,地下二层就像一个一层一样。这三层楼都有特殊的重要性。它们从地面向上三层,向下两层。人们可以从一层直接到设有礼拜堂的三层,从一层开始的楼梯与地下室相连。

一层用作入口和人们的集会。一层楼和礼拜堂之间是教堂办公室、牧师办公室和会议室。

顶部的支撑是由钢铁和拉杆构成的,这样显得有现代感和明亮。屋顶使用的双层钢化玻璃将足够的光线引入礼拜堂。礼拜堂内十分明亮。

还须考虑的便是供热和采光的问题,但这随着玻璃问题的解决而消失,但仍有一些集会的成员对黑色玻璃不能一览天空的景色而不满。

前部景观

西南角

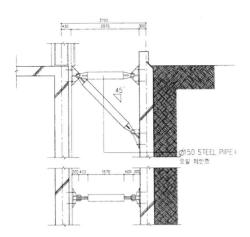

扶壁详图

玻璃砖地面

扶壁支墩

162

屋顶全景

1.礼拜室
2.教友活动厅
3.会长室
4.会议厅
5.集会室
6.机房
7.车库

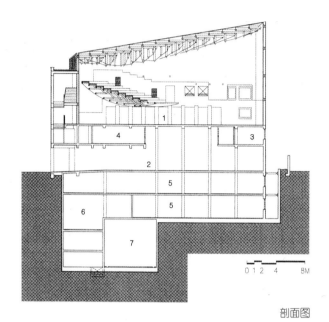

剖面图

教友活动厅

屋顶桁架详图

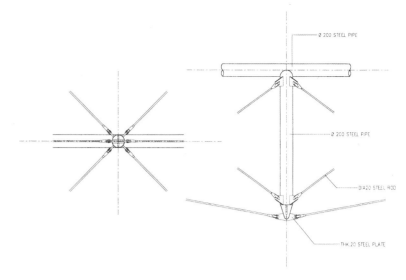

桁架详图

屋顶桁架详图

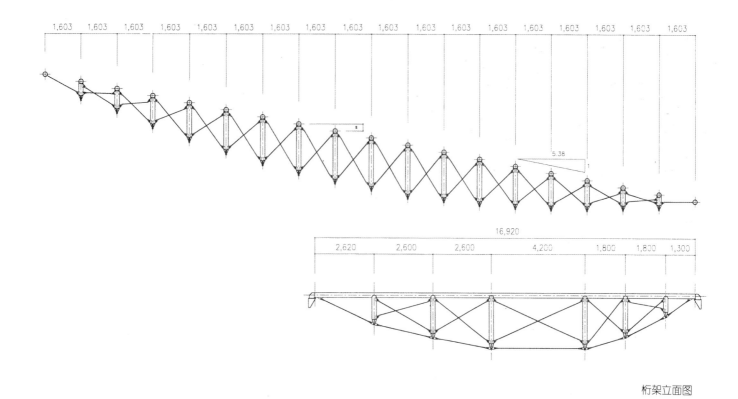

桁架立面图

屋顶桁架模型

教友活动室前面

主楼梯

礼拜室入口

礼拝室

外事中心
约克哈马国际港口
韩国国立博物馆
明洞天主教堂

YOKOIYAMA PORT TERMINAL
1994. 12. Kul

外事中心

Diplomatic Center

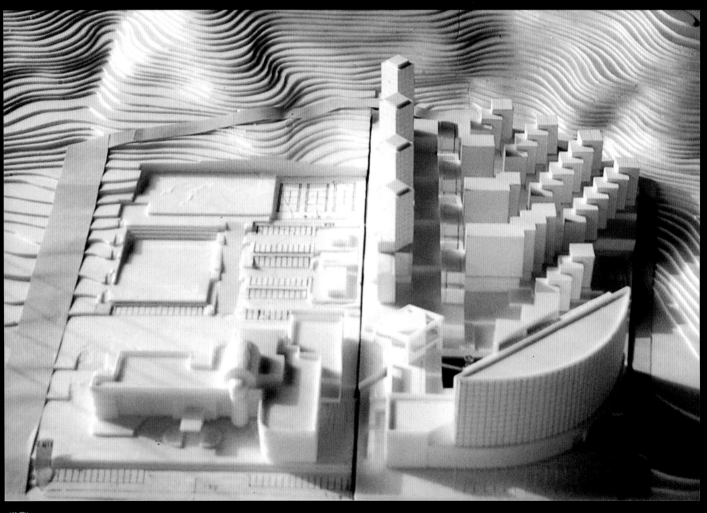

模型

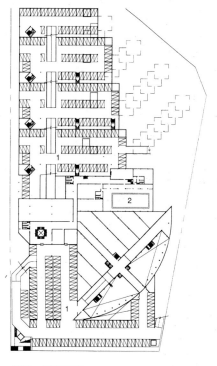

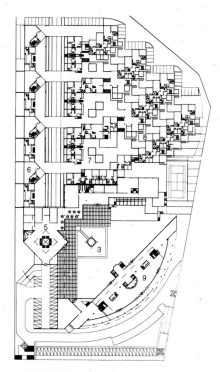

1.停车场
2.游泳池
3.凉亭
4.露台
5.俱乐部
6.塔式住宅
7.中层住宅
8.市内宅邸
9.办公楼门厅

地下一层平面图　　　　　　一层平面图

中心道路立面图　　　0 5 10 20　　　50M

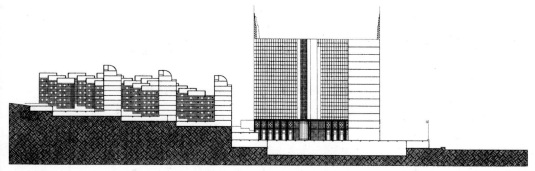

横剖面图

175

1. 俱乐部
2. 停车场
3. 国际会议厅
4. 塔式住宅
5. 中层住宅
6. 市内宅邸
7. 俱乐部入口
8. 办公室
9. 韩式花园
10. 中心道路
11. 社区庭院
12. 露台花园

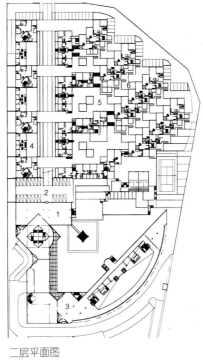

二层平面图

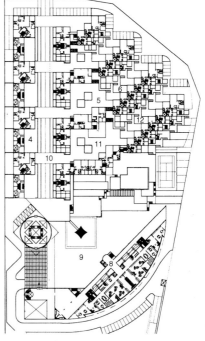

三层平面图

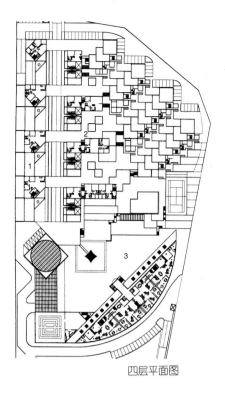

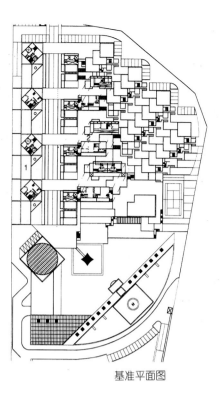

塔式住宅楼
中层住宅楼
办公楼基准平面图

四层平面图   基准平面图

东北侧全景

东侧全景

西北侧全景

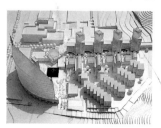

西侧全景

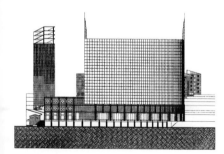

北立面图

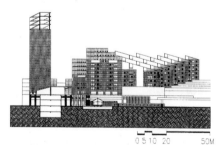

从韩式庭院看到的立面图

0 5 10 20 50M

东立面图

0 5 10 20 50M

区域分布

1. 住宅区
2. 俱乐部建筑
3. 办公楼

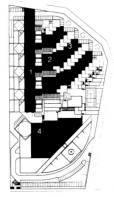

空间结构

1. 主要通道
2. 中央庭院
3. 露台花园
4. 东方花园

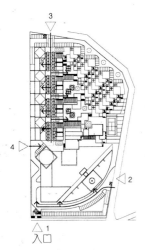

入口

1. 北门
2. 西门
3. 南门
4. 东门

这项工程对目前韩国的建筑群来说是一种挑战,因为它采用了一种新的方法。

与通常房屋的地板设计千篇一律且十分单调相比,这项工程独有的特点便是有机会来发展一种全新的方案,在设计上办公区和娱乐区与其他房屋成为了一体。

而且可以利用斜面的优势,使各种高度的建筑群可以按所需要的功能进行设计是这项工程的另一个独到之处。归结起来,可以分为以下四个方面:

1. 混合种族的建筑群;

2. 混合文化的建筑群;

3. 多功能的建筑群;

4. 不同高度的建筑群。

在现存的统一模式的高层建筑群中,还缺乏能够显示出有机的、有活力特点的公共空间。

那也是为什么当一个人作为一个整体中的一员时,他的特点比他作为一个个体要明显得多。在此计划中具有上述四个不同特点的建筑将大放异彩,并且可以尝试一种住房样式的创新。

选址计划

建有多功能会议厅和大使馆办公室的办公楼坐落在南埔环形路沿岸,道旁居民区则坐落在靠近大山的斜坡的上部。

在办公楼和居民区之间,建有休闲娱乐设施、社会生活和健身设施的俱乐部作为一个缓冲带。住宅区的东部是高层公寓区,在高层建筑区和中层建筑区之间是进入的主要通道。

从这条路穿过低层住宅区就来到中层公寓区的中央庭院。沿着那个斜坡,在住房的前面有一个阶梯状的公园,并且这些户外空间仍然通往中央庭院。

这条主要通道、中央庭院以及阶梯状的公园共同构成了户外空间。

办公楼、居民楼以及俱乐部都是现代风格的建筑,在俱乐部前面的公园的建造中融入了很多韩国传统的成分和情感,并且随之尝试着将东西方文化融合成一体。

在中央庭院的正中是一个韩国传统风格的八角亭。亭子的周围与斜坡构成了一个阶梯状的公园。公园的设计中运用了传统的韩国景观,利用自然界的平直线条。

通往住宅区的主要通道要穿过北门,而行人可以通过南门进入住宅。

通向办公区和俱乐部的通道由西面来的,以便远离南埔环形路上拥挤的交通。

同时东门可以与对外政策和国家安全学院相连,而这个学院在其功能上与此建筑群相关。

在这个建筑群当中,建筑师展示了小空间持续成功地开放和关闭的多样性。

模型全景

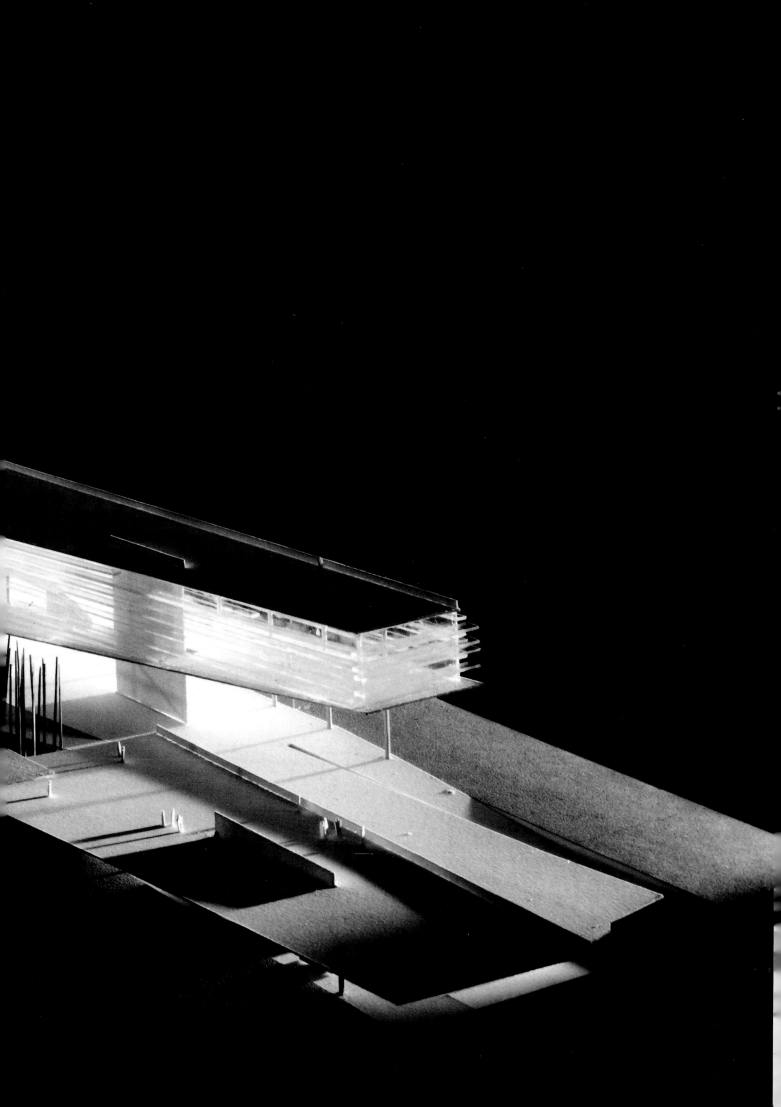

部分模型

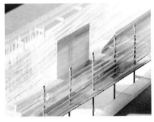
部分模型

部分模型

部分模型

1.停车场
2.公共汽车站
3.私人轿车和出租车停靠区
4.仓库
5.机房
6.通道
7.码头底部广场
8.码头广场
9.货物传送空间
10.门廊
11.约克哈马港中心
12.机房
13.乘船甲板
14.沙龙
15.出入港大厅
16.倾斜花园
17.斜面甲板
18.游客大厅
19.眺望台
20.办公室
21.货轮处理台
22.入境检查
23.厨房
24.食堂
25.休息室
26.倾斜甲板

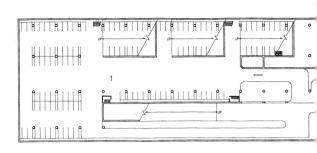

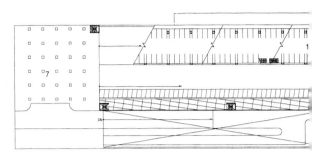

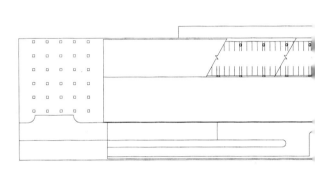

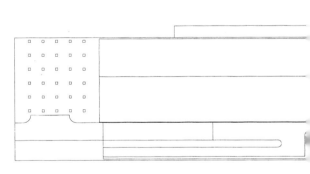

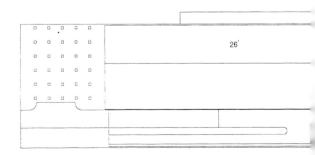

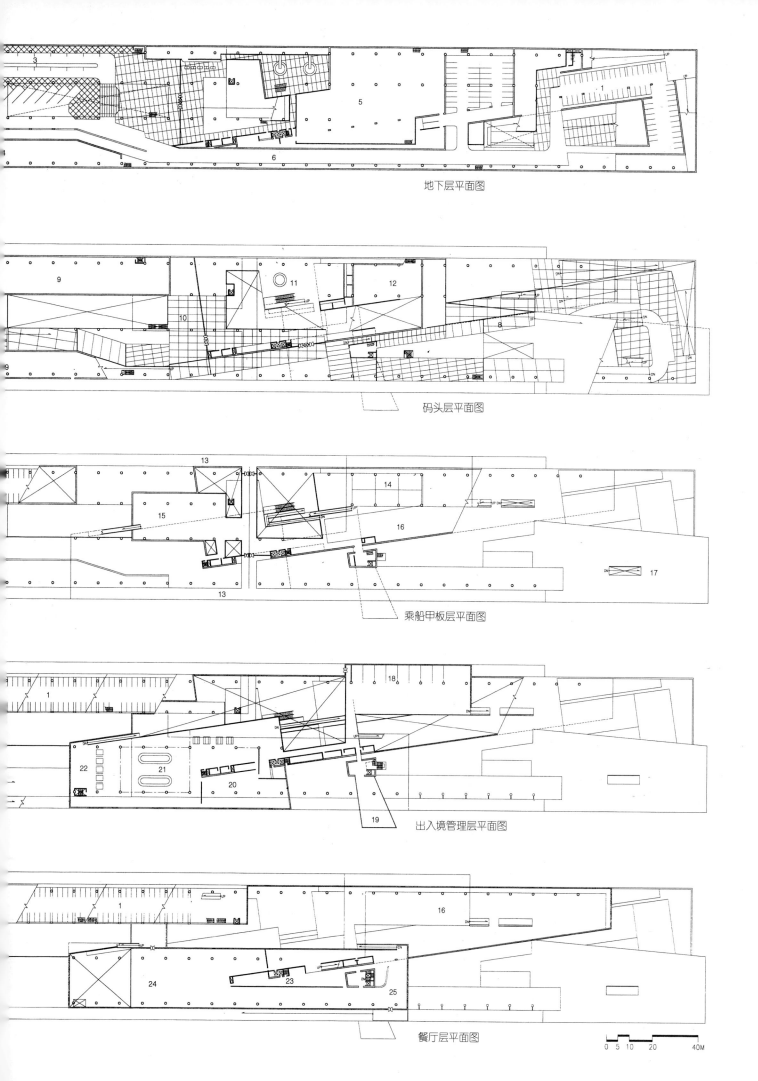

地下层平面图

码头层平面图

乘船甲板层平面图

出入境管理层平面图

餐厅层平面图

0 5 10   20   40M

约克哈马港

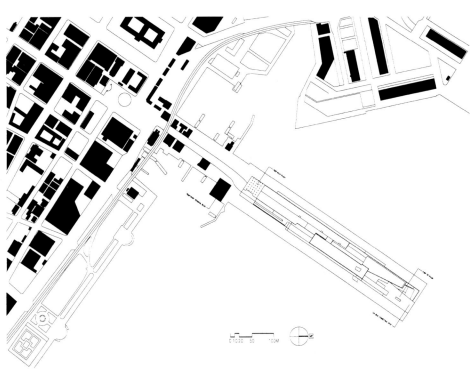

总平面图

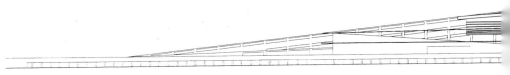

东立面图

In bound & out bound passenger

from inclined park ----
from traffic plaza ----
from above ----
grade garden

Access

Oneway flow

Inclined parking deck

Traffic
plaza   Cruise deck   Harbor view

Inclined interior Garden

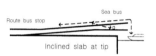

Sea bus
Route bus stop

Inclined slab at tip

imbeding of inclined slab

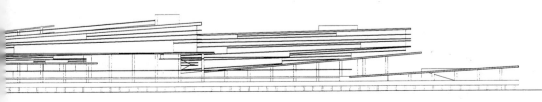

部分模型

5 5 10   20   40M.

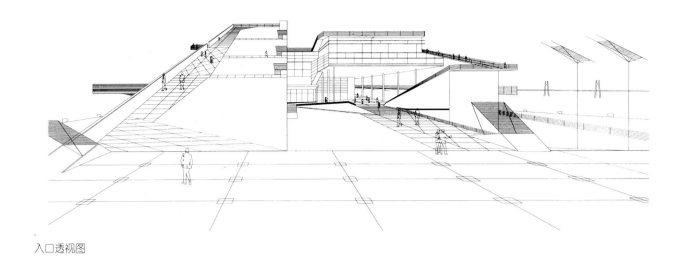

入口透视图

概念

参照国内和国外游客的经验,这个方案被设计成一个室内外多层次景观的都市公园。自行车与汽车放在地下 3 m 的存车场。各个楼层都有通道,这样游客、行人和市民可以选择不同的入口。将此建筑建成开放式的风景区,可以适合对此建筑有不同使用要求的人们。这种相互作用赋予了这个地方戏剧性的效果,那便是不仅可以作为海港的终点站,而且可以将整个城市与海港联系到一起。整座建筑的外形可以将游人吸引到其中,使他们一览海港的全部美景。

建筑

整栋建筑应包括一些倾斜的板面。

1. 对于司机而言,对海港的体会要首先从停车谈起。倾斜的停车场可以使司机在车上就可以看到海港的全景。通往车库的走道为游客提供了一个通道。停车场的房顶是一个散步区,可以看到美丽的景色。

2. 内部倾斜的花园式多功能公共区域包括候船厅、休息厅、展览厅和花园。在这可以举办各种活动,例如旅客输送(国际、国内,出境、入境)、小型和大型聚会、候船、购物、餐饮和观看表演。允许旅客和市民具有同等的活动空间。但是,在必要时要保证旅客能及时疏散。

3. 步行者可穿过桥墩的顶部乘上汽车,通过公共汽车的循环运营可看到整个海湾的景色。

景观

外部景观主要包括干燥的材料和铺石,以便允许为市场、展览会、演出和其他公共事业搭建临时建筑。同时景观要素中的实用部分是通向第二个出口、停车道、室内外坡道和桥梁的楼梯。

照明

灯光的效果不仅在于美化环境,还可以为漫漫长路上的游客指引方向,驱赶恐惧心理。在白天的大部分时间里,阳光普照大地;在晚上,灯光便成为引路和照明的主角。天黑以后,所有的事物便要靠照明设施才能显现其面貌。远远望去,让人有可亲近的感觉。码头下的广场有几处透明的地面,在白天可以清楚地看到那下面是车库;在夜晚灯光的作用下,则令人感觉那是一个通向终点站或城市尽头的地方。

建筑学的处理

1.倾斜板和承重墙都是景观的要素,用的都是精致且耐用的天然材料。除了停车场以外,所有的倾斜面都构成了景观,包括那枯燥无味的铺路石和地面装饰物。

2.整个玻璃墙以及透明的屋顶点缀以水平结构的玻璃窗无不在强调着倾斜的建筑风格,并用垂直的钢结构支撑。玻璃窗采用透明的有织纹的金属嵌板,显得更加错落有致。

结构体系

主结构是靠混凝土与钢筋紧固而成的。建筑地基被一个嵌入地下的大型箱体支撑,倾斜结构与旋转相对应。整个结构是最高端由侧面支撑且有防震功能的结构。

电子机械系统

区域性的加热和冷却一直是我们所期待的,但却没有局部冷却装置。为了解决在含盐的条件下减少因使用冷却塔而产生的费用,我们曾经考虑使用海水。在季节的交替中,冷却可以通过海风来实现。一间变电室将用于控制高压电流,起到降低电压及分配、调控电能的作用。洒水车将被安置在所有的底层空间。洒水系统和烟味检测系统将和建筑通讯系统和地区火车站一起使用。

疏散系统

凡是较重要的地区都设有通向码头的多个出口,可以借助出口门、主楼梯、疏散楼梯以及几个倾斜平面安全地到达地面。

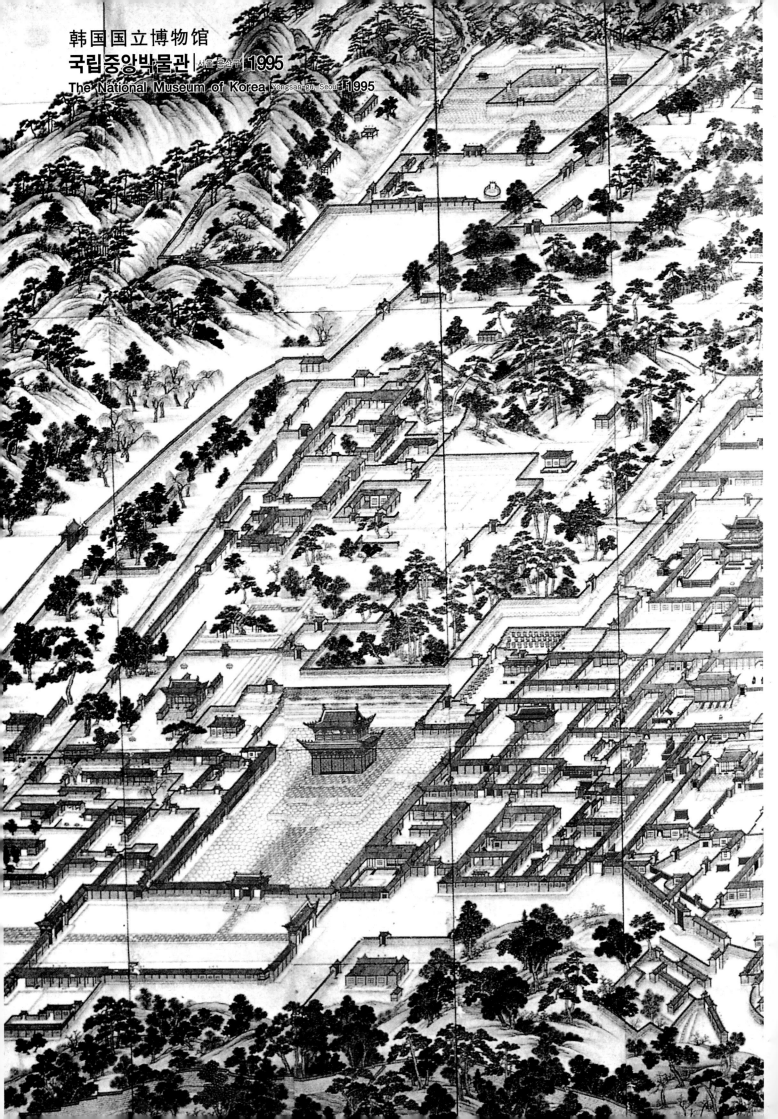

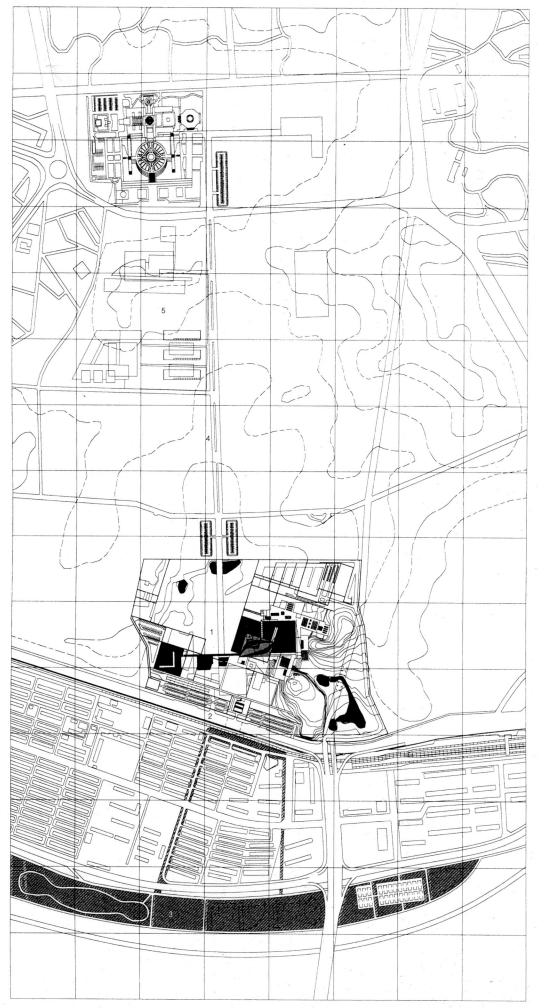

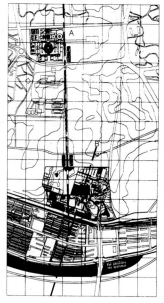

二条主轴线
A. 南北轴线
B. 南山轴线

概念

　　为了更好地了解、保存并发扬韩国的历史和文化，博物馆的兴建是十分必要的。我们转向利用墙组织和管理大小规模空间并通过空间将室内外组合到一起的韩国传统。因为要使用到建筑物、庭院和墙，所以产生了很多出入口。博物馆工程不但是仅仅建造一座大型建筑，而是要把内外部空间的大致形态用空间要素体现出来。这些空间要素可以把博物馆公园从整体上有序地管理起来。同时，用墙来对内部空间起到限制作用，从而使内外合为一体。

博物馆公园
1.国立博物馆
2.地下通道
3.汉江市民公园
4.公园中心道路
5.未来博物馆
6.战争纪念馆

13.5 m高度平面图

1. 轿车停车场
2. 运输场
3. 院内停车场
4. 儿童博物馆
5. 临时展示厅
6. 博物馆研究院
7. 中央展示厅

16.5 m高度平面图

1. 主入口大厅
2. 博物馆庭院
3. 历史馆
4. 书法及绘画
5. 东亚细亚艺术馆
6. 收纳仓库
7. 馆室

22.5 m高度平面图

1. 运输场
2. 博物馆公园入口庭院
3. 博物馆庭院
4. 波哥达庭院
5. 临时展示庭院
6. 雕塑品露台
7. 亚洲式花园
8. 儿童庭园
9. 博物馆研究院庭园
10. 小山
11. 茶园

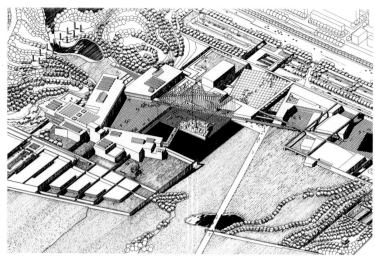

轴测图

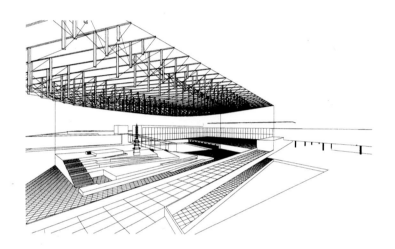

中央展示厅

从西宾高路上观望

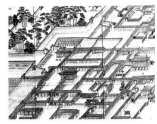

故宫园

昌庆宫

1. 观念

国家博物馆主要是用来陈列、展示和促进韩国的历史和文化的。传统的韩国方法是运用墙壁来分隔大小面积的空间,运用墙壁构成室内和室外空间。房屋、庭院和墙壁的设计都是为了给人一种美好的感受。我们建造博物馆并非只是建起一座房子,而是要运用墙壁等空间元素塑造室内和室外空间,不同的设计会产生不同的效果,它对博物馆公园的景色也很重要。

"内部"和"外部"的含义与西方建筑学中的含义有所不同,而且这两个概念是韩国传统的空间理论延续的核心。韩国建筑群的特点源于其入口的存在。入口由于墙的运用增强了一种神秘感,给人以独特的感受。房屋和墙壁相互影响则定义了入口所存在的区域。整个建筑区可以看做是一个公园,而特点则决定于对室内空外空间的舒适程度的体会。并且可以邀请游人来整个场地,欣赏公园和周围城市的整体景色。

低矮的简洁的轮廓可以使人们对汉城一览无余,尤其是北部的南山塔。同时矮的轮廓可以衬托出高亮度的主要展览建筑。

2. 场地条件

现有的场地条件决定了我们的设计策略。我们作出了两条轴线:第一条从西宾高路的南边的通道延伸出来;另一条则与通往公园的另一个主要入口相接。这个公园按计划要服务于未来的大规模文化建筑。

由于场地是在较低的潮湿地区,需要防洪措施。对此,我们的解决办法是在南边设置停车场,在北边设置围墙,以作为防洪屏障,并且使用装有抽水机装置的池塘作为储水池。此外,所有的展览建筑和楼层空间都安置在 16.5 m 或更高的地方。

在西宾高路的沿线建造停车场的决定是经过深思熟虑的,可以将车停在马路两边的相互分开的停车场中以便提供简捷有效的通道,而且还有为行人预留出的地方。停车场同时可以对西宾高路延线起到缓解噪音和交通的作用。目前这个地方只有一条林荫道,随着该地区的发展会受到噪音和污染的影响。东面的两座小山则被预留出来给公园和博物馆游人能够接近的风景区,并且可以对博物馆和 69 号路的东佐大学处的交通紧张起到缓冲的作用。同时也可以为来往于汉城南北部过桥的司机们提供一个公园似的过渡区。在两座小山之间设置了一条小径作为将来修建的道路,并为公园游客保存好的景观。

3. 博物馆的功能

在西宾高路沿线建有主要的车辆通道。一条具有储存、行政管理、监护和技术功能的临时通道将在建筑的东边修建,取代原计划修建从东佐大学桥延伸出的道路。北边要修建的公园的道路便是将来修建后的通道。博物馆的入口处在建筑群的中央。

教学设施则与工地西南角的行人通道和停车场相连,以便提供与博物馆分离的安排和活动通道。具有储存、行政管理、监护和技术功能的设施放置在东北面的同一层楼中,以便尽量减少使用这些设备时来上下搬动,并可以为行政人员的工作和休息提供户外通道,同时也为他们提供一个远离公众的安静的工作环境。

人工防洪设施
A. 蓄水池

4. 楼层设计

博物馆的参观人员进入上述的 16.5 m 高的中央展览大厅和宝塔花园,然后沿着逆时针方向来参观博物馆展厅的历史/考古、艺术/雕塑坛、东亚艺术/亚洲园林艺术,最终在 13 m 高的楼层中又返回到中央展览大厅。在 16.5 m 高的楼层中,每一个展览区域有其主要的进口及介绍厅并有自己的垂直运动体系,以便容纳那些对某个具体的展览感兴趣的人们。对于占大多数的一般参观者来说,各个展览区域是水平相连的,以方便参观者参观。主要出口交替地出现在临近的各个展区的展厅中,使进出和管理更容易。展览区内的公园有不同类型的参观者,例如汉城以外的参观者、来自国外的游人、每天繁忙工作的雇员,同时还为那些住在公园旁边的居民提供一个宽敞的休闲区域。由于这座公园目前如同龙山家庭公园一样得到了充分的利用,同时也因为汉城内急需室外空间,对于普通的使用者来说他们则愿意适当考虑博物馆作为他们的去处。

公园使用者通道

中央展览厅和主要入口既是博物馆循环展览的开端,也是结束。它们指明博物馆公园的中心,还起着为整个建筑群提供标识的作用。它的所有楼层都是对公众开放的,但展出的物品只在洪水警戒线以上。我们已经选择了通透的表层结构和照明结构,以便产生一种完全透明和无重量的幻觉。景泉寺的波古多塔将在有台阶的墩座上展出。这个墩座在建造上保留了传统工艺的围墙、灰色的地板砖瓦及以草地显示出其最初建设的质量。可以从多个视角来欣赏这座塔的优美之处:从经过大门口处,参观完博物馆后站在其下面观看的角度;从爬上楼梯的墩座后的近距离角度;从会员餐厅上面的角度;从公园里的多个视角取远景的角度。

在参观教学设施时游客们可以参观剧院和大礼堂,在演出前后亲身体验一下开放式的美景。儿童博物馆有它自身的户外庭院,可以很方便地到达大门口。

行政和储存设施全都在同一层楼上,这样来创造一个较低的轮廓,可以很方便地进出和流通。办公室和实验室有相邻的工作和放松的户外区域。

户外空间与博物馆以及公园的多种功能相关连。

为了保证各部门功能的有效运转,为了收藏品的保存和安全,以及为了增强公园行人的感受,如有必要,可以组织好人员的流动来控制进出的道路。

行人的流动

游客

——个人

——团体

——停车场使用者

——学会使用者、管理者和监督人

维护和车辆流通服务

——游客的汽车

——公共汽车

——员工

——服务及紧急交通工具

文化遗产的流通

——接收

——储存

——展览

——准备

同时博物馆的管理还包括如下区域划分。

公共区——24 小时开放

半公共区——开放有时间的限定以及须购票

控制区域可以对雇员和特殊来访者开放。将来此区域可在围墙范围内扩建或可根据我们的计划增加额外的区域。而且,将来在此场地周围拟建的博物馆区可以根据博物馆公园的结构来安排。

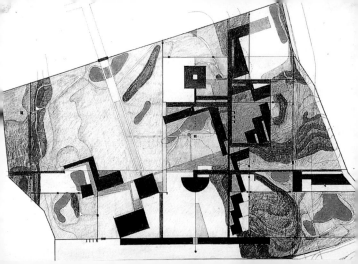

明洞天主教堂

Myungdong Catholic Church

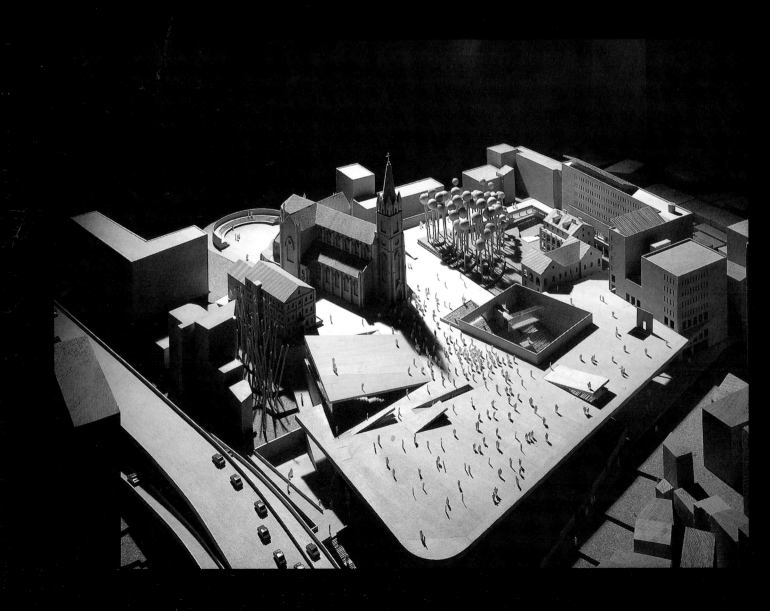

修建时的环境

当前环境

提案

总图

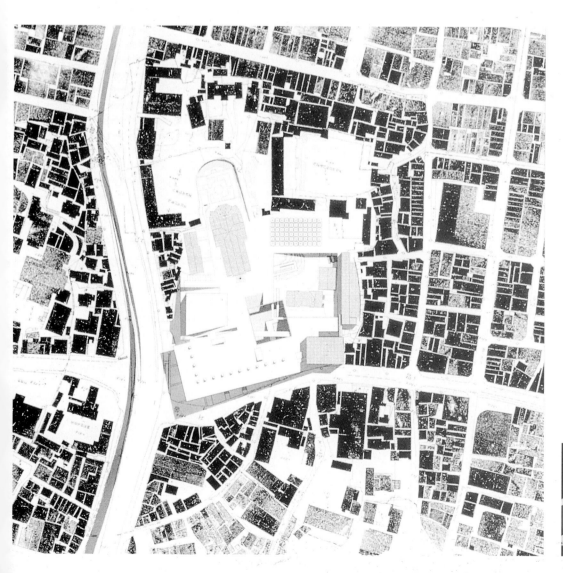

现存教堂

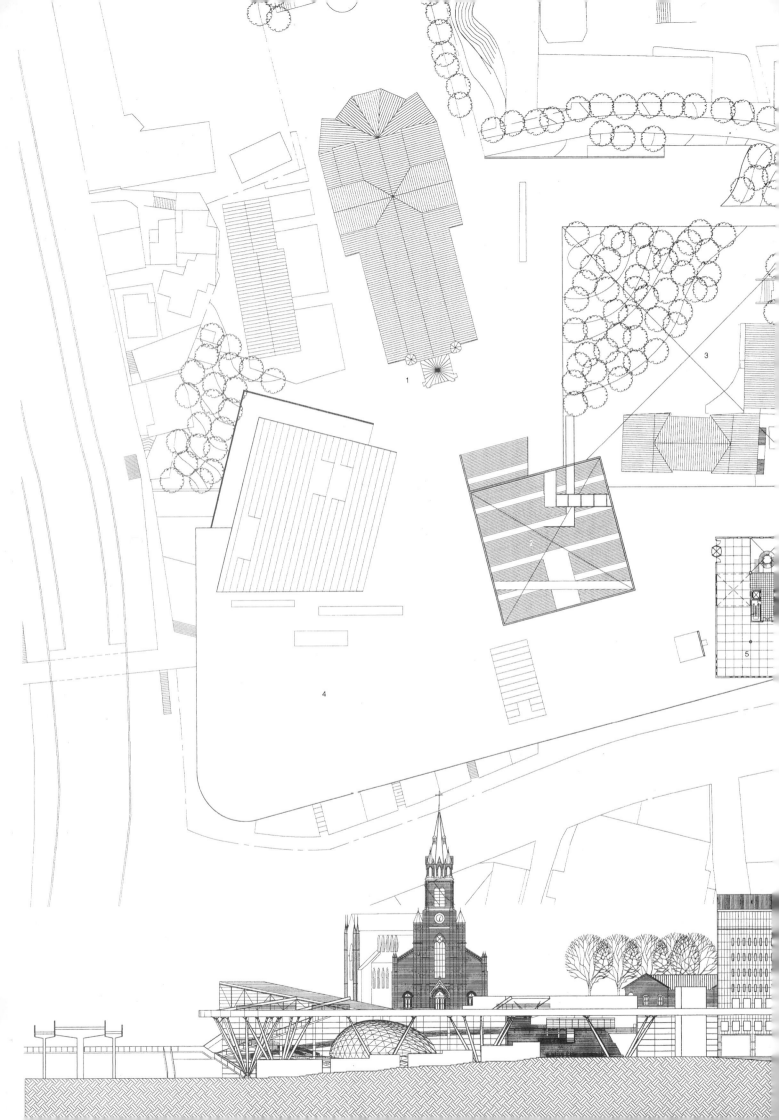

主教馆庭院

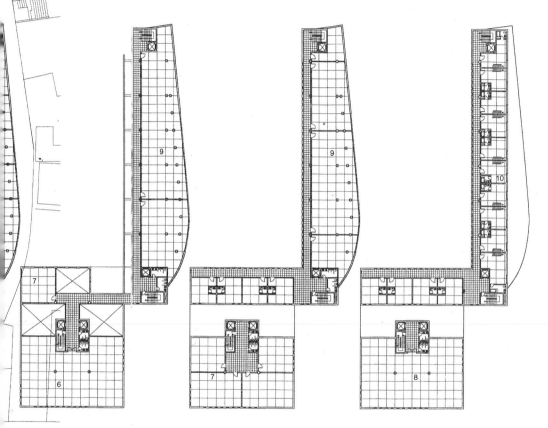

明洞大圣堂广场平面图

1. 明洞天主教堂
2. 入口楼梯
3. 主教堂
4. 大教堂广场
5. 办公室
6. 集会室
7. 演讲室
8. 学术研究室
9. 汉城大教区办公室
10. 牧师住所

8   16M

北立面图

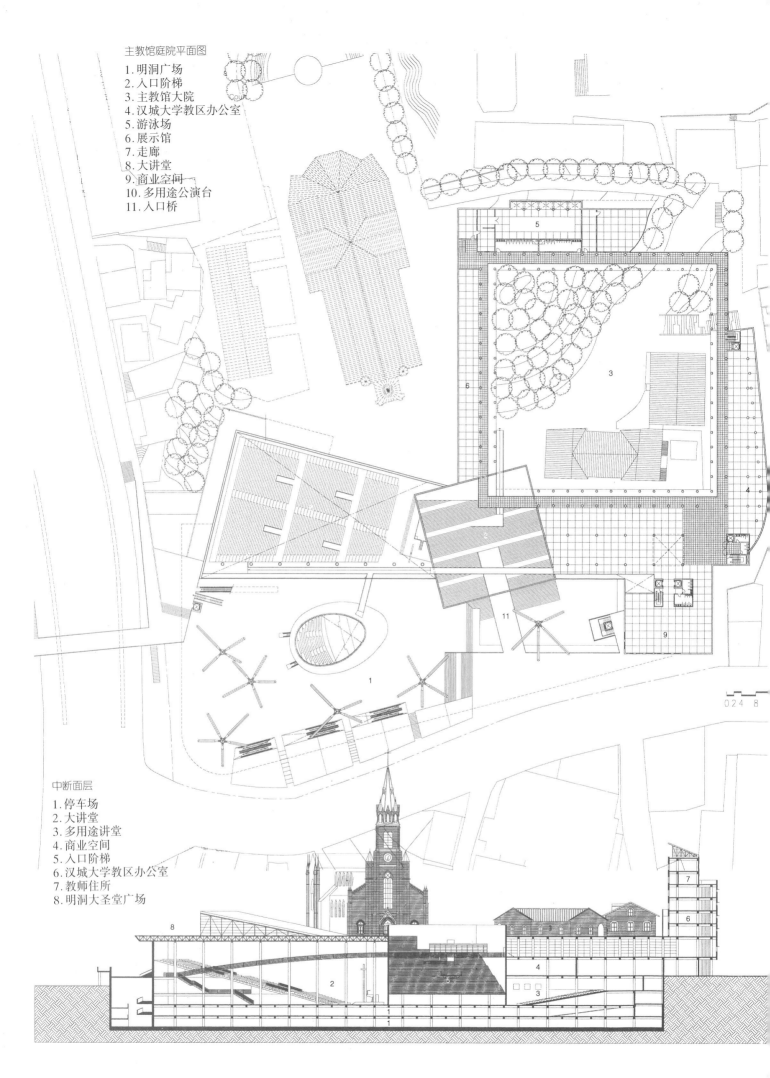

主教馆庭院平面图

1. 明洞广场
2. 入口阶梯
3. 主教馆大院
4. 汉城大学教区办公室
5. 游泳场
6. 展示馆
7. 走廊
8. 大讲堂
9. 商业空间
10. 多用途公演台
11. 入口桥

中断面层

1. 停车场
2. 大讲堂
3. 多用途讲堂
4. 商业空间
5. 入口阶梯
6. 汉城大学教区办公室
7. 教师住所
8. 明洞大圣堂广场

西南景观

辅助建筑

西班牙台阶

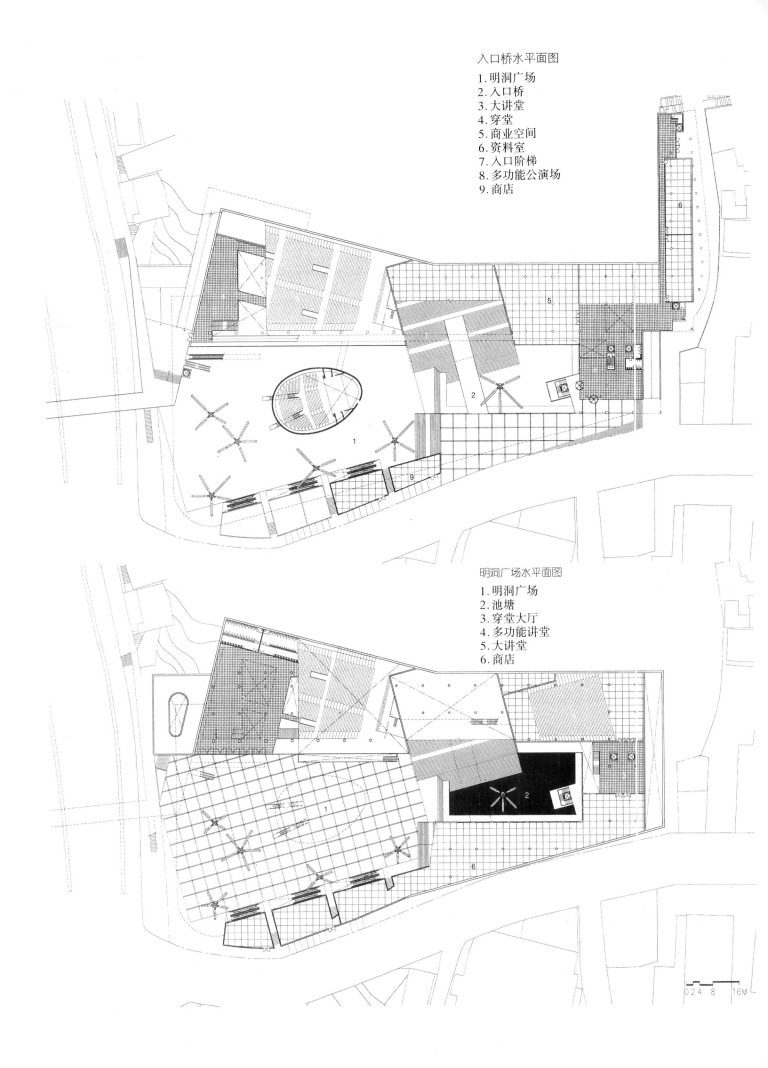

入口桥水平面图

1. 明洞广场
2. 入口桥
3. 大讲堂
4. 穿堂
5. 商业空间
6. 资料室
7. 入口阶梯
8. 多功能公演场
9. 商店

明洞广场水平面图

1. 明洞广场
2. 池塘
3. 穿堂大厅
4. 多功能讲堂
5. 大讲堂
6. 商店

0 2 4 8 16M

明洞广场

新景观

明洞新视点

　　位于明洞广场中央的椭圆形的建筑物——桌面上的圣堂,是重要的视觉象征物。相对照而言,正是隐喻着桌面上的明洞天主教堂是明洞街及明洞广场上重要的视觉性象征物。

　　在功能上,因为明洞缺乏公演场及聚会的空间,所以明洞天主教堂是内外空间兼备的建筑物。它的表皮采用的是半透明材料,可以透光,从外面可以看到里面的一举一动。

码头下部

明洞广场

建筑场地现状

1.明洞天主教堂的环境

明洞教堂周围的环境展示了一个最为典型的拥挤喧闹的汉城都市环境。在整个星期中,明洞的街道上都是拥挤的人群,还有露天摆地摊的商人。提到明洞的环境,我首先想到的便是人的数量这一点。在明洞区内和周围有大量的商业建筑,这些建筑在匆忙的建造过程中,没有考虑到现存建筑的规模或城市规划。考虑到这一地区土地价格猛涨的现状,将不可避免地有越来越多的类似的商业建筑出现。影响明洞环境的另一个因素便是三一高架道路。巨大结构建成的城市基础设施经过了明洞天主教堂所在的明洞区东部。

大量的小规模的街道货摊和狭窄的小径与城市的基础设施交错共存,杂乱无章,毫无秩序,而这一切正是这座天主教大教堂周围的环境。

2.明洞天主教堂的现状

明洞天主教堂内每周的活动种类繁多,令人难以置信。这些活动并未在应举行活动的地方举办,而是在教堂主楼的四周,相互混杂在一起,以一种完全混乱的状态出现。除了在教堂主楼所举办的活动外,其他的活动,例如宗教的集会、周末举行的婚礼以及在这些活动中用到的鲜花、所举行的接待工作以及停车事项全都搀和到了一起,几乎充斥着教堂建筑群的每一个角落,也分不清步行街、露天广场以及存车场了。正如报纸上经常报道的那样,示威者在和防暴警察面对面地对抗着,以教堂和罢工相威胁。在这样的僵局中,人们所能看到和听到的混乱到了极点。

室外空间的设计方案

明洞内的空间和明洞教堂周围的室外空间就其面积来讲实在是太小了,而目前现存的空间又毫无自身特点。在对明洞教堂的室外空间进行重新设计的同时,我制定了设计的第一个目标,那便是向汉城市民

东北部侧面景观

体现这座天主教大教堂在地域范围内的重要意义。在教堂的前面有一块人工设置的场地,从而在限定的空间内尽可能大地营造空间,并且使该场地东部的三一高架道路的面积缩减一些,且改变形状。将明洞的户外空间与汉城市内的其他空间相连是我的打算。这样的设计可以使行人们感受到这是汉城最著名的室外空间之一。作为汉城开放式空间的核心,新建造的明洞教堂的开放式空间大致可以分为四个部分:明洞教堂大楼、明洞沿街大楼、这两部分建筑中间衔接的区域和被称为明的庇护所的法院。建筑师创造的若干空间分散在上述四个室外空间周围,并有助于创造它们。

第一步工程

1. 明洞天主教

在这个地方,教堂广场正好位于市中心。在现有条件的基础上,尽可能将这个广场的面积扩大。它阻碍了旁边的三一高架道路。广场内在明洞教堂大楼下的中心位置上建造了一个主礼堂。这座建筑已经成为了明洞的一部分(一景),并同时可在三个地方进行活动而与都市生活分离开来。这个地方同时又是教堂成员集会的地方,也是大型集会和特殊场合户外活动的场所。当然,它对于公众来说同时又是一个安静的开放的都市空间。地面的每个部分、礼堂的每个角落以及自动扶梯全部采用自然光照明,可以使明洞广场的较低层也得到光照,而且地面的斜面还可吸引人们到这儿来。

第二步工程

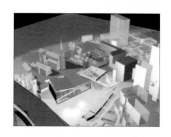

第三步工程

2. 明洞广场

作为日常生活的空间之一,明洞教堂的室外空间可以分为以下两块区域:教堂的周围中心位置上的明洞教堂大楼和作为其都市空间延展出来的明洞大楼。首先,从地理位置来说,它是明洞东部的入口。从乙支路2家正东方向进入明洞时,它拥有一条舒适、平坦的道路,同时它又是室外活动的场所,而这一点正是目前明洞所欠缺的地方。从这一点来说,为教堂或公众在一起举行的活动都是在大楼下面的大小不等的礼堂内举办的,就像以古典音乐和基督教义闻名的伦敦圣马丁大教堂一样,这个地方也可以成为一个有名的地方。大楼的底层也可以采取多种形式来搞一些活动,在财政上援助教堂和教堂的其他事务。

第四步工程

3. 主教堂大楼

作为一个教会成员集会和放松的地方。明洞对于那些小型的社会活动和个人休闲只提供绿色植物。在花园周围有一个走廊,旁边是画廊、教会商店、图书馆、咖啡厅等等。设计这个下沉式公园的目的是提供到中心楼梯间和地面广场的直接通道。实际上由于它甚至和明洞中心是相通的,人们从这可以轻而易举地到达任何地方。

峻工

从明洞街上望桌面

视觉展示要素来自
桌面下部的诱导

传统空间的挖掘

入口桥——与传统
的街道分离

从亮光区得来的经
验和教会的发现

圣堂的入口

4. 古典空间

为了克服路面和地面广场的高差及保持主要礼拜堂和繁华城市地段之间有一定的距离,在正中间设计了一个大型的楼梯间作为过渡空间。它成为中心右侧的一个多功能的建筑社区与教堂之间的过渡空间,也是地面广场与街道高度差距的过渡空间,并且还可作为临时休息厅和会议厅。

建筑计划

建筑的基本布局是形成四个主要的外部空间。两个高层建筑可以看成是围绕着主教堂和现有建筑的外部围墙。教堂内的空间和明洞进口街道边上的低层建筑使明洞广场看起来更有活力。换言之,已建成的建筑物不仅是单独的个体,而且是整个社区建筑物的一部分。就像外部建筑的多层面特征,教堂建筑的功能之一就是充分地开发都市空间。从现有建筑的古典方法到今天使用最先进的材料和技术建成的建筑,建筑设计的多种方法会同时使用。

1. 高层基地

沿着明洞大教堂,场地的高处形成了举办社区活动的下沉式花园的边界。首先,在被走廊包围的花园旁修建了咖啡厅及教堂的相关设施、展览区域、书店等等。主教辖区办公室——公众最不喜欢去的地方,以及其他公共用途很少的设施修建在西边,呈一直线型建筑。确切地说,现在的主教堂被设计成一个与周围环境相称的建筑,并且与它的后期工程明洞周围的商业氛围相一致。

2. 古典空间的周围

在中央楼梯间的两边设计了中央大厅和中型的大厅。如果教堂有弥撒的话,人们可以很快地到达。大厅靠近主要教堂建筑,与明洞相通。如果这里举行婚礼或葬礼等,人们可以很快地到达教堂。而且建筑物周围设有自助餐厅和购物长廊,人们在这可得到相应的服务。

3. 明洞广场周围

从视觉效果出发,广场中心有一个椭圆型的舞台。在明洞两侧沿街有许多平房式的店面为游人提供服务。明洞广场西端的那片水面是广场的最低处。为了增加出入口的通过能力,与那些老建筑采用的方法一样,在过渡空间处修了一座桥。它的主要目的是不管建筑计划要求怎样,一定要为将来的发展留出足够的空间。

4.地下空间

为了发展明洞广场的地下空间,人们找到了一处最能发挥它优势的地点,在那里能提供游客所需的各种服务,并帮助周围的建筑群来获得利益。

环线

1.行人

牧师和教会职员

为了尽快疏散人群,在景点的西边设有一条走廊可直接通向教堂和主教馆大楼。在主教馆大楼周围是为牧师和教会职员准备的走廊。

教会人员

他们的主要出入口是穿过中心走廊桥梁的过渡区域,然后到达主要教堂建筑。虽然这离明洞的繁华街道很近,但这里的建筑特点有明显改变。

公众

从 珠洞 到明洞西侧沿街有很多活动,一直延伸到明洞广场和地面空间,其中充分利用了升降桥梁,并增加了中层通道。

2.交通

牧师和教会职员

牧师和教会职员从西边进入建筑群,然后从这条路一直到主教馆大楼和修道院。

教会成员和公众

在建筑的第一部分,将建地下停车场,它通向明洞的街道。当所有建筑完成之后使用一条单行道。这条单行道从明洞大街开始,向东直到三一高架路。当明洞大街禁行车辆时,可以使用地下停车场的东边入口。

服务和紧急使用

经过中层通道从东边入口进入混合区,可以使用扶梯、应急交通工具到达明洞天主教大教堂的中心区域。这条路通过位于礼拜堂西侧外部的做弥撒区域连接到修道院,并与西侧街道相连。

3.分区

牧师区域

主教馆大楼以及它向西延伸的扩建部分位于广场最安静的区域,这里公众和教会人员禁止入内。

管理区域

管理区域与牧师区域相邻并有通道，但与明洞广场这个重要活动区域有一定的距离，防止工作中互相打扰。

弥撒和宗教集会区域

这个区域与主礼拜广场相连，并与明洞广场相通。它对所有公众开放。

服务区

服务区位于集会区与明洞街道之间。由于它的战略位置，公众和教会成员可以很容易地进入。

公共区

与明洞街道相通，它弥补了明洞所缺少的都市空间。

商业区

应充分利用明洞的优势发展地下空间。这里应修建最好的商业区，向到社区旅游的游客提供服务，并用所得的利润服务于教堂。

钟塔构造明细

昌庆宫花园

4. 照明

潜在的功能上的缺点、明洞广场及周围街道的阴暗区，应通过增建一层通道解决功能上的问题。为了解决从街道到社区不同水平面的问题，照明成为过渡的根本方法。集中于旧有空间以便于察觉，实际目的是吸引人们向这层移动。

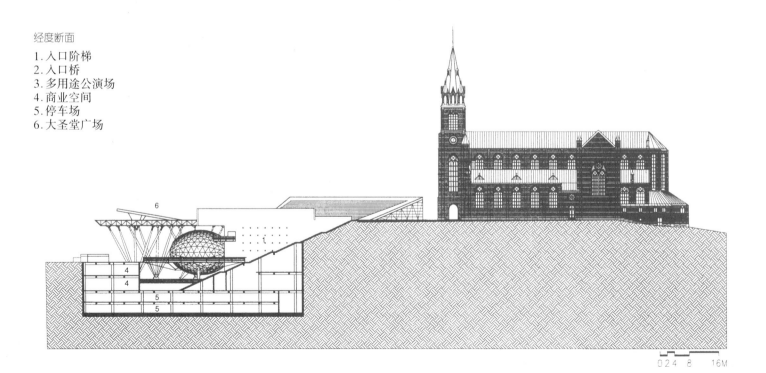

经度断面
1. 入口阶梯
2. 入口桥
3. 多用途公演场
4. 商业空间
5. 停车场
6. 大圣堂广场

024 8   16M

并且在这一层面上安了一排灯,在层面的边界上建立了秩序。灯光照亮了明洞广场。

晚上,上层通道上几乎最统一的效果将由街道和明洞广场的灯柱重塑。

5. 结构系统

与外部空间及建筑的广阔空间相比,结构系统是比较简单的。两个主要轴线,第一个由南向北,与明洞街道方向水平;第二个沿着明洞大教堂的方向有 4 m 的跨度。然而,地下停车场有 8 m 和 16 m 的两种跨度。仿树状的矩形柱子在明洞大教堂广场形成一个空间框架。空间框架的上层和低层部分由混凝土板材构成,呈凸起状。

6. 风景

通道上的风景呈现三层,它充分利用通道上的开放斜坡和通向以下的部分斜坡,与下面的教堂之间有可见的联系。在主教堂,斜坡由东北角向上延伸,为主教堂在通道和斜坡上提供了相应的空间。在明洞,人们种了很多树,树像绿洲一样覆盖了明洞。明洞广场就像一片由人工林组成的风景区,沿着人工林旁边的桥下的河水更为这美丽的景色增添了光彩。

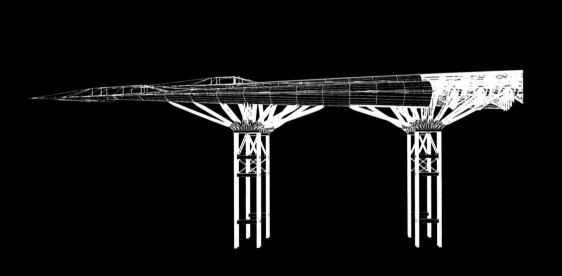

方　案

建国艺术中心
天安高速火车站

方　案

建国艺术中心
天安高速火车站

건국예술문화센터 | 서울 종로구 | 1995
Kunkook Art Center | Jongro-gu, Seoul | 1995
建国艺术中心
Kunkook Art Center

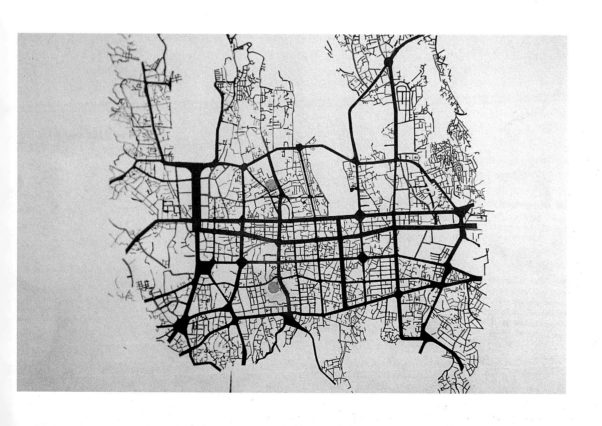

汉城市构造

东郊构造

仁寺洞地区现存都市构筑

仁寺洞地区至今仍留有很多传统的房子。在汉城市中心，今天仍留有很多传统住房的地区已不多了。仍有许多人们所熟悉的卖玩偶和人工制品的商店，并且很多外国人来韩国旅游时都至少来这个地方一次或两次。因此许多学习建筑的学生都选择这里来完成他们的作品。当人们开始讨论这个地区的建筑工程时，是否继续保留传统便经常提到日程上来，在大多数时候这个问题总是被过于表面化地解决了。

对于保留仁寺洞地区的传统建筑的再发展报告已经提交给了汉城市政府，并计划在该地区重建韩式住宅。解决韩式建筑中传统住房的问题并无独特的办法，其中之一便是用夹杂混凝土的木制结构来建造传统样式的住宅；另一种较复杂的方法便是抽象的形式。无论采用什么样的解决方案，这个问题深深地印在了每个建筑师的心中，同时也印在了韩国广大民众的心中。

建国艺术文化中心是仁寺洞地区的建国大学的一块面积为 4 875 m² 的商用地。该地区在东南角与洛原商业区毗邻，在西部和北部分别与莞浚洞和京运洞的传统住宅村相接。

这一工程项目包括了商业画廊、展览设施、艺术品藏馆、专业的购物设施和这一地区一直短缺的办公区。这一发展计划将建成一座地下6层、地上7层的建筑，总建筑面积可达到 60 000 m²，可根据法律规定最大限度地使用面积。

这个计划的基本观念源自对城市基本结构的分析与改革，及行人对该地区的现代化印象。仁寺洞地区可是一个难得的地区，在这里传统建筑得以完好保存，人们遇到陌生人时都是面带微笑。由于街道上的活动是如此丰富多彩，而使得沿着街道的小店铺异常活跃，传统式样的住宅庭院已经商业化了。人们可以很平常地看到城市再开发计划简化了复杂繁琐的城市建筑结构的规模，以至居住在这个地区的人们无法相互接触。这个创意的核心便是在建国文化与艺术中心将仁寺洞地区的现存建筑结构和此地区的人流由水平分布转为垂直分布。

并且为了使该地区的商业空间得到最大限度地发展，拟在地下2层处建一个地下存车场。

垂直部分的结构从地下存车场算起有6层。这座总共有8层高的商业建筑将留有一些空地，可与传统建筑的庭院相比。

这一处空地将作为与商业空间相连的中心区域并与垂直结构紧密相连，可以垂直化地展示其水平结构。

当然，这项工程的主要设计要素便是其垂直结构，我们称之为"动力学结构"。

这座建筑同时也是16层的商业建筑与仁寺洞现存的小规模住宅和其中间区域的缓冲带。靠近仁寺洞的西面是这栋建筑的正面。

按计划在仁寺洞的任何区域都可以看到这座建筑的正面，是一种视觉上的展示。许多桥梁通过"动力学结构"和自动扶梯与这座建筑相连。

所以游客们可以在那块空地和"动力学结构"中四处闲逛，这样可以使所有的商业活动在三维式的立体化结构中进行。

拟在主楼的办公区修建一个室内公园。

这种可以提供给人们舒适的购物环境的建筑在树林成荫的市中心地区还是很少见，同时为了创造视觉效果而决定铺设草坪，以便在夜晚可以展示仁寺洞内部的活动。

将旧的传统结构重建对像仁寺洞这样重要的古城区毫无帮助。向这座旧的建筑注入新生代的元素将对保持和发展这块传统住房区域起着重要的作用。

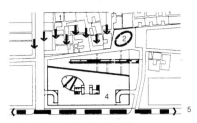

1. 仁寺洞空间图形的延续
2. 袖珍公园
3. 动力学结构
4. 工程桥
5. 与现存街道景观的调和

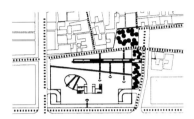

步行街动力学结构

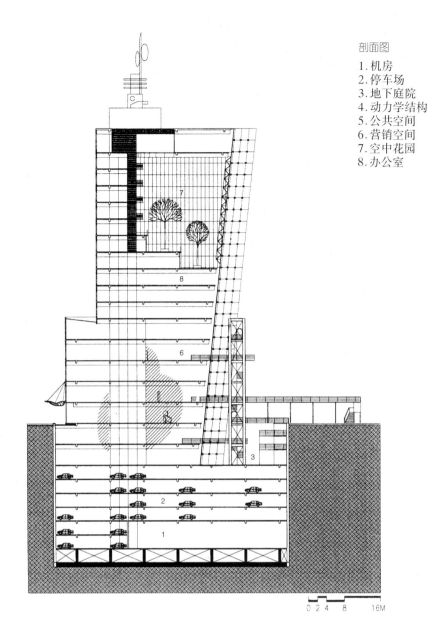

剖面图
1. 机房
2. 停车场
3. 地下庭院
4. 动力学结构
5. 公共空间
6. 营销空间
7. 空中花园
8. 办公室

0 2 4 8 16M

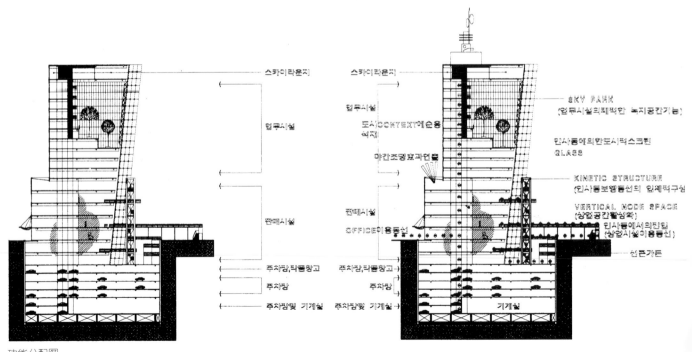

功能分配图

218

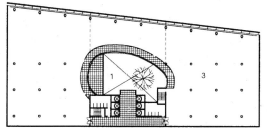

空中休息室平面图

1.空中花园上部
2.门厅
3.空中休息室

住宅群

1.空中花园
2.办公空间
3.门厅

办公层平面图

典型传统的韩式庭院

1.动力学结构
2.公用空间
3.营销空间
4.门厅

营销层平面图

仁寺洞景观

一层平面图

1.公园
2.地下庭院上部
3.动力学构造
4.公共空间
5.入口门厅
6.营销空间

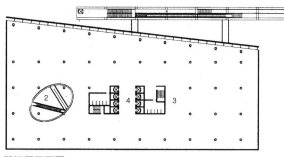

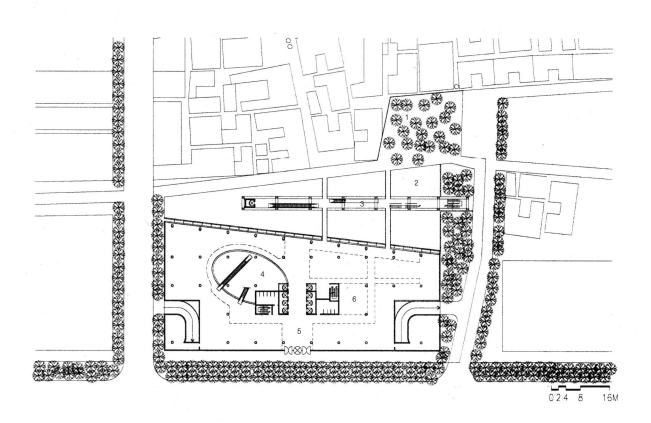

0 2 4 8　16M

夜景

北侧景观

天安高速火车站

Chonan Station For The High Speed Train

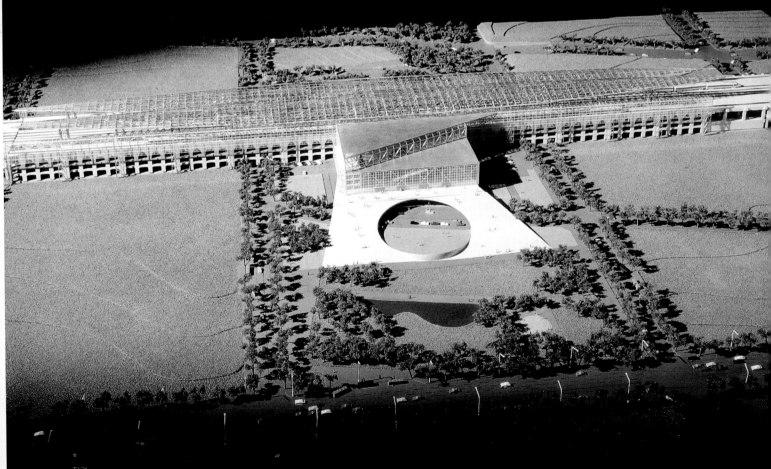

전경
Front View

俯视图

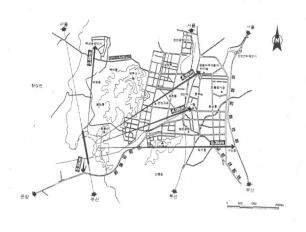

1.高速铁路天安车站
2.天安站广场
3.10 号国道
4.新发展的城市周围街道
5.通往现存城市的街道
6.邻近中央道路

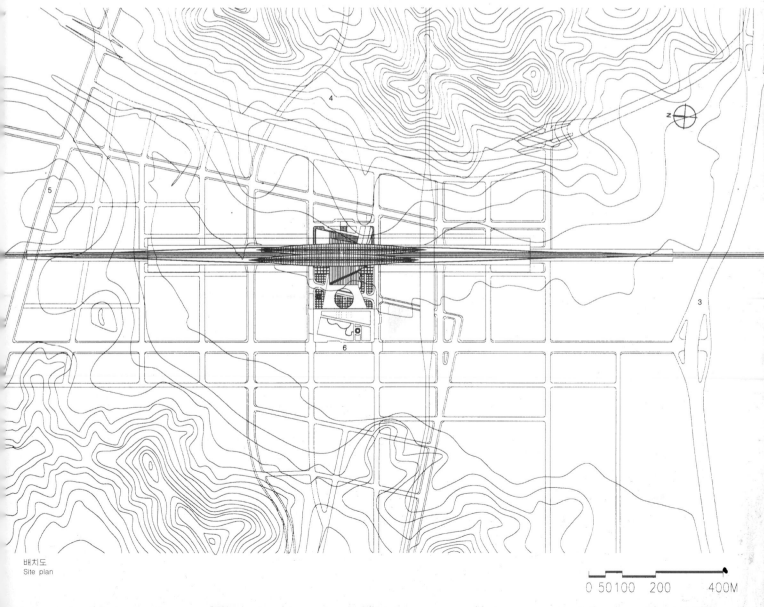

배치도
Site plan

0 50100 200 400M

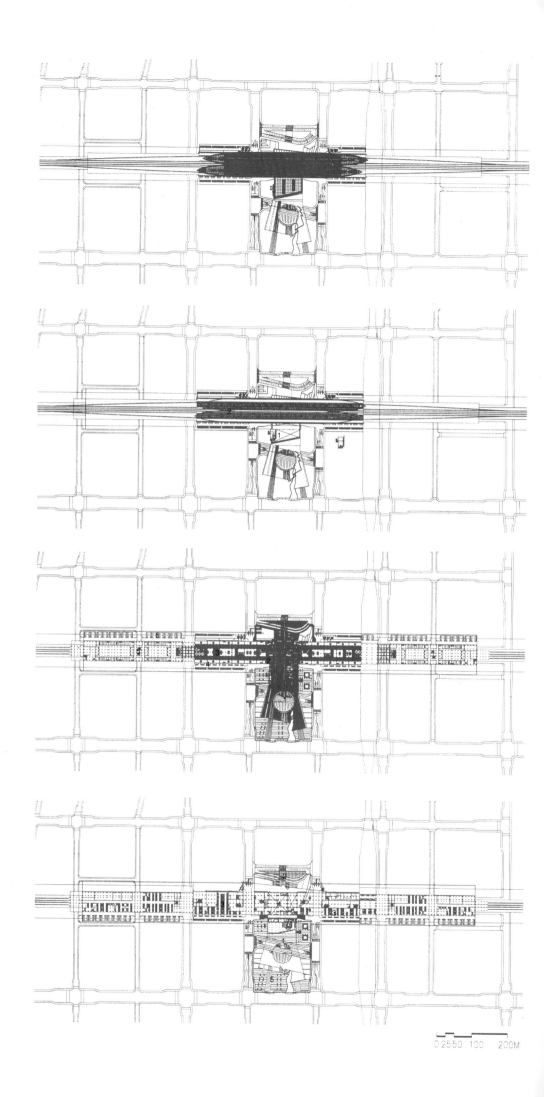

屋顶层平面图

1.中央大厅上部
2.上下车区

中央大厅平面图

1.斜面
2.中央大厅
3.连接通路
4.商业设施
5.流通设施
6.停车场

一层平面图

1.前面环形广场
2.后面环形广场
3.停车场
4.机房
5.前院

0 25 50 100   200M

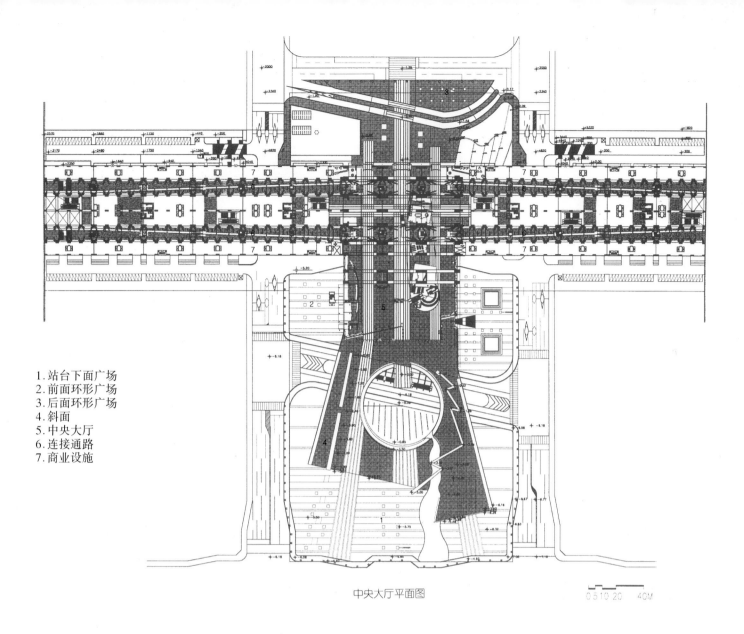

1. 站台下面广场
2. 前面环形广场
3. 后面环形广场
4. 斜面
5. 中央大厅
6. 连接通路
7. 商业设施

中央大厅平面图

高速铁路网未来的发展

京釜高速铁路系统

曼哈板中央站地区

滑铁卢站，伦敦

天安车站竞赛方案

皇家十字站地区发展规划

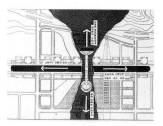

穿过车站的都市空间

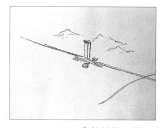

车站地区开发(1)

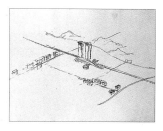

车站地区开发(2)

车站地区开发(3)

车站地区开发

天安站形象模型

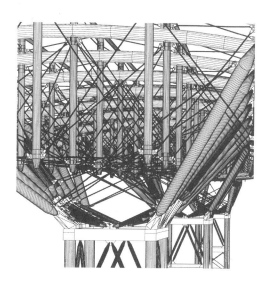

塔式结构 3D 图

塔式屋顶结构 3D 图

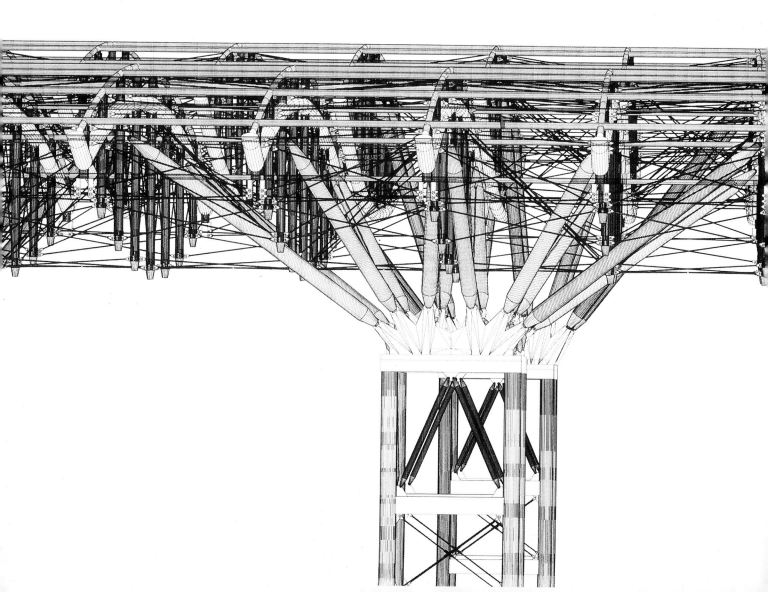

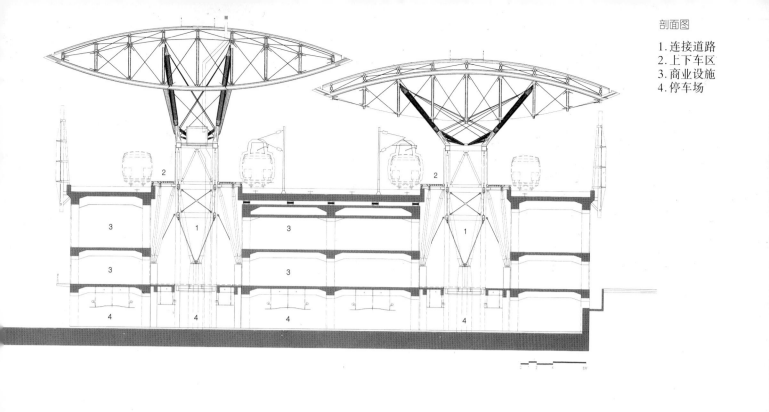

剖面图

1. 连接道路
2. 上下车区
3. 商业设施
4. 停车场

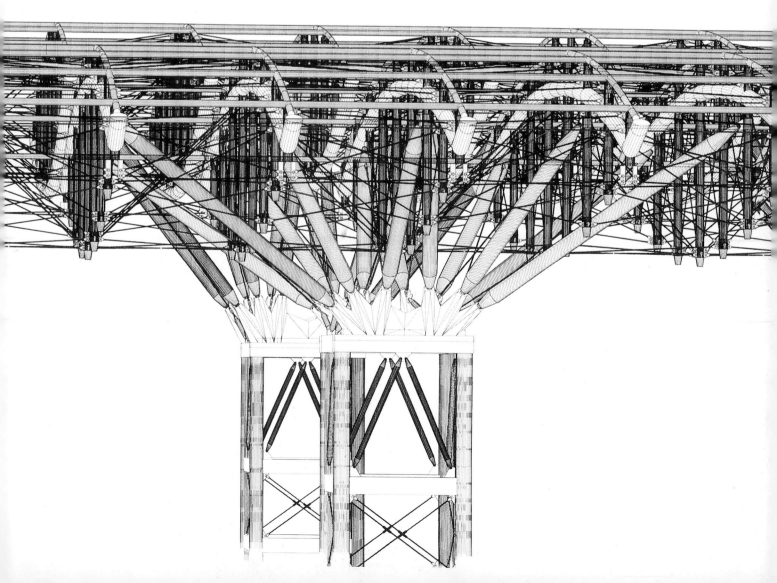

结构模型

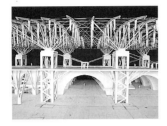

结构模型

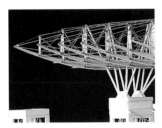

屋顶模型

很多社会现象,例如公众意识的提高与多样化、人口的流动、工业和商业结构布局、韩国与朝鲜之间的矛盾、全球化等,都为这个国家的空间构成带来了新的机遇。我们希望用高科技知识取得高速的进步,但随之而来的各种问题扮演的重要的角色改变了人们的生活特征和国家的工业结构。在这种情况下,我们对重要枢纽地区的浓厚兴趣使我们决定追求在我们的土地上去运行新型的交通系统。这时候,高速列车将京釜铁路交通的容量及其效率发展到了最大化,并且当高速公路竣工时,蕴藏于其中的最新技术是我们国内工业更大发展的主要催化剂。毫无疑问,这将提高人民群众的生活质量和加快国家的发展,并且我们可以肯定地说快速运输铁路将与亚洲其他的铁路全线贯通。向北可以到达西伯利亚,以至到达欧洲的任何一个地方,向南可以与东南亚国家的铁路相连。在不久的将来,还可以通过海底隧道与日本的铁路相连。这条铁路所经过的城市有天安、大田、大丘、庆州、釜山、汉城及其周围地区。这条铁路的开通将强有力地刺激与推动这些地区的发展,并且可以促进这些地区的再发展。穿过大型民用建筑的道路,按照设计与火车站周围的交通顺畅地连接了起来。车站是该交通的中心。车站前面是开放式的空间,车站的后面则自然地与更低的一层相连。为了尽量减轻城市被车站一分为二所造成的影响,正在寻求一种使来自内部空间的视觉干扰降低到最小的方法。

另一项十分重要的设计是改变这座民用建筑底层的低劣条件。

京釜铁路民用建筑的宽度大约为 60 m,极有可能的是整个低层空间都像地铁一样被建造在一个类似地下的环境之中。为了改善铁路上的这座大型建筑的低劣条件,地铁沿线西侧的建筑将直接面向外层空间。

车站大厅的自然采光和通风系统的建成是将铁路上的民用建筑从主体建筑结构中分离开来,例如将旅客最为集中的车站大厅分离开来。

在这座建筑的低层结构中会有大众和私人投资的商用设施。与车站相关的大部分设施在较低层结构中的车站大厅的中部。这座私人投资的工程所面临的最大的挑战便是如何在长达 1 200 m 的内部空间中正确疏导旅客和其他使用车站的人,从而带来商业活动的繁荣。

在这座民用建筑两侧的路旁,应该筹建大规模的商用空间,从而建立自己的商业市场。这座民用建筑一侧的高速公路将与一些商店相连,到达这些商店要经过车站中央的两层高的通道,但是一些在低层结构中经营的小规模商店将主要集中在走道上。

两层高的走廊起着进口通道的作用,是从车站两边通往车站大厅的最重要的通道,并且具有开放的街道的特点。这条路沿线的商店十分活跃,当然也希望商业活动是十分活跃的。

为高速公路而设立的天安车站在将不同种类的交通运营模式与现存的铁路相连时,应起着十分重要的作用,同时也是这个城市的运输中心。此外,它也是这个城市发展的焦点,肩负着将文化、工业的一些信息传递给市民,包括牙山峻的人们。

在为通往车站的各种交通模式做准备时,应考虑到的交通工具是出租汽车、汽车、城内公交车、城际公交车和现存的铁路系统,以及用于中转的地方和汽车及火车的车站。这些设施应与车站附近区域同步发展。在前面的中转大楼，有自己的存车场可以存放公交车、汽车、K + R (kiss&ride) 和出租车。存车场位于整座建筑的地下室。城市公交车在中转大楼的后面停站。

通过这些中转设施顺畅地发挥作用，车站将起着核心设施的作用，同时也应该拥有以下的重要的象征性特征：

代表最新科技水平的高速列车

车站的设计应该展示当今最新科技的结晶，反映出最新的科学技术和材料。

创速度极限的高速列车

车站汇集了大量人流的现实体现了火车的高速和当今城市的不断变化，同时反映出现在的建筑作品应是流体力学的作品，并且展示了高速度的吸引力。

展望前沿的车站

京釜高速运营列车系统于 2002 年通车，将是 21 世纪的主要交通运营模式，而且其外形、形象和结构应有未来科技的特征。

当地的地标

为在天安西南部运营的高速列车修建的天安车站将带动西部沿岸的发展。它将作为一个地标，以便作为天安和温阳之间的一个新的城市的起点。

发展中的韩国的特点

整体设计应展示出韩国正与世界其他国家携手前进，向前跳跃式地发展。

旅客休息区是供旅客在候车时活动和滞留的地方，周围是为旅客服务或接待工作的一些设施。前者包括了一个入口大厅、车站中央大厅、候车大厅、登车区等等。车站中央大厅是除一些与火车站运作相关信息外的一切服务场所，例如提供方便、及时的信息及旅游服务，并且由服务区和公用区组成。在服务区你可以找到零售商店、旅行中心、信息中心、旅客会客室、财务服务设施、失物招领处、休息室、公共电话亭等等。警察亭、邮局、电信中心和其他的一些设施则在公用区。

屋顶结构模型

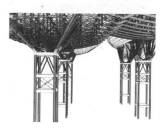

3D 透视图

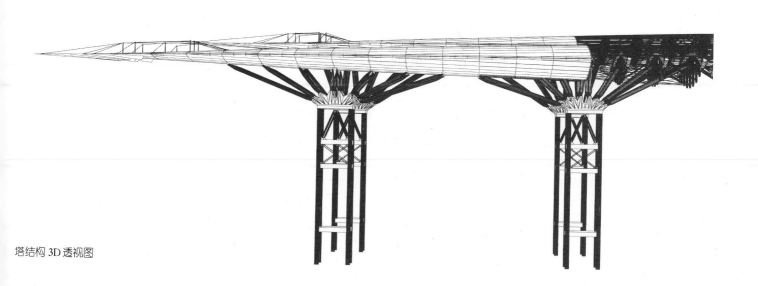

塔结构 3D 透视图

西南面景观

夜景模型

沿着邮电标志和中层楼,车站中央大厅最显著的特征便是穿过由东向西的多个拱门。它同时也是旅客们从地下一层通过自动扶梯上到地面所遇到的首要建筑要素。从车站的空间布局来看,位于低层的结构,也就是相当于车站一层的结构中是主要的设施,例如种类繁多的令人愉快的设施、旅行中心和一些其他设施;占用上层建筑结构的是另一个的旅行中心和高级餐馆。把底层和二层楼间的夹层楼面设计成一艘水面上漂浮的船是整座建筑中最吸引人的要素之一。其原因部分是因为它所选用的材料、用在栏杆和屋顶的金属与其他裸露在外的水泥结构形成了鲜明的对比。

在铁路下方是一条400 m长的走道,中央是高35.5 m的支柱。在35.5 m范围内,支撑站台的柱子和暴露在外的管道沿400米长的走道方向平行分布。自然光线从装有玻璃窗格的天花板透过。考虑到集中于车站中央大厅的流动的交通,有规律的和连续的地板图案被铺好。此外,有着极其灵活性的灯柱被安装好,并且其安排布局与地板的样式相吻合,同时柱子上还安装了一些增加效果的照明装置来突出其结构。

天安高速列车站站台所选择的地面材料是建筑玻璃板材,以便将自然光引到下边相连的走道。用来支撑屋顶的柱子确立了这块空间的顺序。此外,还有一些带给旅客舒适感的设施与设备,例如候车区、商店、座位和避雨区。按照设计,车站中央大厅通过自动扶梯、电梯和步行楼梯直接与走道相连。而且,当旅客们上电梯时可以体验直线形的走道和车站的全部空间。这样的空间布局对轻易地识别方位起着很大的作用。

这项工程的高速度与富含的最新科学技术知识改变了火车站的传统概念,并且使得这种供高速列车使用的车站不仅仅是一个车站,而是适应社会需求的综合设施。发展这样的工程,是为促进经济活动和推进火车站周围的各种交通所组成的体系。它应是使我们的生活丰富多彩的地方。

这样的设计工作全面考虑了城市布局与社会现有的条件,因为它的作用不仅仅是一个车站,而是扩展为城市的中心。考虑到上述需求,对天安高速列车站的设计从一开始就面临着极为困难的问题。

首先要建立一个长2 km、宽60 m、高17 m的民用建筑,然后再建车站。以车站和周围地区发展新型城市需要克服一个困难,就是这座大型建筑将城市一分为二。

其次,在如此恶劣的环境中建立车站是一个极大的挑战。当今天这种新奇的交通模式在将来转变为一种重要的交通模式时,它须满足每天运营的需要。这座车站的设计工作须完成两项最为困难的任务。

最后,创造这样一种有象征意义的事物来描述应用于高速列车中的最新科技,以及将这种科技变为我们自己掌握的技能是所遇到的又一个挑战。

天安车站的一部分将土木结构与建筑结构隔离。土木结构的面积非常宏大,而且看上去十分稳固。站台的钢铁结构和建筑玻璃板材用于突出它们的光亮和通透的特征。

将两种结构分离首先可以防止震动传递到下一个结构中,并且在地面以上的空间层次中创造舒适的内部空间结构,拥有照明和通风系统是可能的。

在区域内,对双层商用设施和与其相连的单层走廊的使用,在建筑上提供了一个富有戏剧性的空间,即"内中有外"的空间,同时也产生了一个简明的循环和人性化的空间,结果将车站内的巨大空间分隔开来。

这座双层的私人投资的商用空间,从竖直方向上在走廊里与楼梯、电梯、桥梁等各种"元素"相连。

防滑的建筑玻璃板材可以将自然光线供给到站台下面的走廊里。这种建筑板材用在了站台地面的铺设上。190 cm×190 cm×80 cm的64块建筑玻璃板材被用塑料螺钉固定在工厂制造的2.2 m×2.2 m的预浇水泥板材上。在站台上,工人们在安装花岗岩制成的PC板材时十分当心,并且在瓦片上印有警告的标语,以保证人们的安全。屋檐的建筑结构体现了交通建筑运用高科技的最好的要素。它使用的空气动力学的形状和结构体系是极为轻巧的,并且科学技术含量极高。

建造过程中的细节展示了最新的建筑结构上的科技成就。

与车站前后相连的主要空间和行人交通中心是一个大型的全天候大楼,从 80 m 宽、22 m 高的规模来看,并远远超过了一座建筑物的功能,可以达到一个城市的功能。建筑中含有不同的附属功能和便民设施(包厢、服务楼)来满足车站的需要。

这些楼房位于主轴线之上,而且铺设的道路、灯柱、告示牌等都直接引导人们顺利地向火车走去。

车站大厅的部分区域作为开放区域与地下室相连。车站大厅在设计上是开放的,以满足不断变化的要求。

为了满足额外的要求而不仅仅是特定的程序或功能上的要求,设计上的重点是表现出每一个有不同体积的建筑结构的本身。

建筑上应用了特殊的玻璃装配系统。它是一座全开放型的室外广场。所铺设的道路在设计上强化了空间东西方向效果,强调了走廊、车站中心和户外广场连接的连续性和方位感。

通道的图案随着向车站中心的延伸而不断地发生着改变,间接地展示了屋顶的轮廓。使用的银灰色花岗岩、耐久的红木和一些混凝土增强了这块巨大空间的变化。

西南侧全景

附录

作品一览表
Work List

制宪会馆
位置:汉城汉中区

神一学校
位置:汉城道峰区水游洞

金浦机场候厅工程
位置:汉城金浦

仇先生宅
位置:汉城城北区

KIST 本馆　韩国科学技术研究院管理大楼
位置:汉城钟苾区洪陵

正陵家双联式住宅
位置:汉城城北区

姜先生宅
位置:汉城钟路区
总占地面积:360 m²

程东美以美教派教堂
位置:汉城钟路区程东
规模:600 席

釜山市政厅
位置:釜山广域市光复洞

毛利森电话交换机大楼
位置:科罗拉多,毛利森
建筑用地:1 500 m²

SAFCO 大厦
位置:科罗拉多,毛利森
建筑用地:5 900 m²

圣·詹姆斯教堂
位置:科罗拉多,毛利森

Mt 贝尔总部大楼
位置:科罗拉多,丹佛
总面积:77 000 m²

丹佛警察总署大楼
位置:科罗拉多,丹佛
总面积:20 000 m²

徐先生宅
位置:汉城城北区城北洞
规模:2 层
结构:钢框架 + 木材

老人住宅区
位置:洛杉矶,加利福尼亚

朴先生宅
位置:汉城钟路区
建筑占地:330 m²

1965　制宪会馆(金寿根建国研究所)

1969　正陵家

1965　神一学校(金寿根建国研究所)

1969　金浦机场计划(金寿根建筑研究所)

1969　程东教会现场

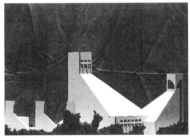

1966　九回酱台(金寿根建筑研究所)

1970　釜山市寿寺

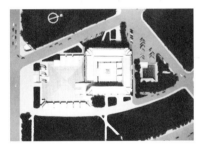

1967　城北洞仇先生宅

1971　毛利森电话交换机大楼

1968　KIST 本馆(金寿根建筑研究所)

1971　沙浦大厦(RNL.)

1972　圣·詹姆斯教会(R.N.L)

1989　老人住宅区

1973　贝尔总部大厦

1990　平昌洞朴先生宅

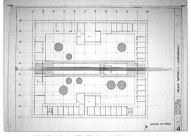

1973　约翰逊—曼菲尔公司(R.N.L)

1991　平昌洞李博士宅

1974　丹佛警察署(R.N.L)

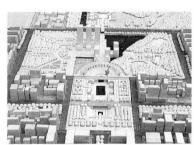

1991　大田中央政府大楼

1979　爱默森大楼重修

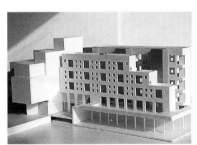

1991　汉森宿舍楼规划

1986　城北洞徐先生宅

1991　泰国神学校校园规划

李先生宅
位置:汉城钟路区平昌洞
占地面积:655 m²
建筑占地:187 m²
总面积:404 m²
规模:地下 1 层,地上 2 层
结构:木制框架

政府中央大楼
位置:大田区

汉森宿舍
位置:京畿道

泰国神学校校园企划案
位置:泰国曼谷
占地面积:16 752 m²

泰国神学校校园规划
位置:泰国曼谷

T.E.S演讲厅
位置:泰国曼谷
占地面积:16 752 m²
建筑占地:883m²
位置:泰国曼谷
总面积:2,649m²
规模:3 层
结构:P.C.水泥

外事中心
位置:汉城市西草区西草洞
占地面积:26 644 m²
建筑用地:3 996 m²
总面积:67 103 m²
规模:地上 15 层,地下 3 层
结构:钢筋混凝土

仑宪洞临时建筑
位置:汉城江南区

(宜建昌浩)汉城办公室
位置:汉城江南区

京釜高速铁路天安车站
合作者: (株)建元
位置:金山忠清南道
占地面积:144 076 m²
建筑面积:206 812 m²
设备面积:49 476 m²
商业设施面积:141 505 m²
规模:地下 2 层,地上 4 层
结构:钢筋混凝土 + 钢框架结构

平昌洞 K 先生宅
位置:汉城钟路区

永贞教堂
位置:中国永贞市

宜建昌浩综合院休息设施
建筑株社:宜建昌浩公司
位置:京畿道

江边教会

位置:汉城江南区道溪洞

占地面积:1 385 m²

建筑占地:676 m²

总面积:4 940 m²

规模:地上 3 层,地下 3 层

结构:钢筋混凝土 + 钢框架结构 + 钢管屋架

Roxborough 住宅

位置:科罗拉多,Roxborough

全州大学校园计划

位置:全州全罗北道

恩平区文化公园

位置:汉城市恩平区

全州大学礼拜堂

位置:全州·全罗北道

占地面积:14 941 m²

建筑占地:773 m²

总面积:1 098 m²

规模:地下 1 层,地上 2 层

结构:钢筋混凝土 + 钢结构屋架

安先生宅

位置:汉城市洪陵

规模:地下 1 层,地上 2 层

结构:大框架

密拉尔学校

大致位置:汉城江南区怕园洞

占地面积:26 644 m²

建筑占地:3 996 m²

总面积:67 103 m²

规模:地下 3 层,地上 15 层

结构:钢筋混凝土 + 钢框架

约克哈马国际港口码头

位置:日本耀克哈马

总面积:30 230 m²

结构:钢筋混凝土 + 钢框架结构

国立博物馆

位置:汉城龙山区

所罗门国立博物馆

位置:Honiara,所罗门

延边技术学院校园规划

位置:中国延边

1991　泰国神学校教学楼

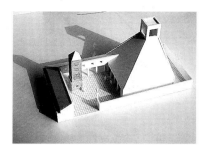

1993　永贞教会计划

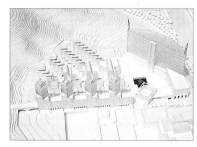

1992　外事中心(建元)

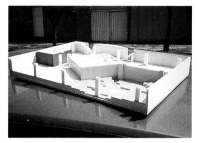

1993　宜建昌浩综合院休息设施

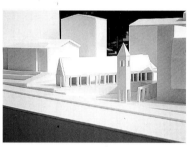

1992　仑宪洞临时建筑

1993　江边教会

1992　宜建昌浩汉城办公室

1993　Roxborough 住宅计划

1993　京釜高速列车天安车站(建元)

1994　全州大学校园规划

1993　平昌洞 K 先生宅

1994　恩平区文化艺术馆

1994　全州大学教会

1995　延边科学技术大学校园规划

1995　洪陵安先生宅

1995　延边科学技术大学图书馆规划

1995　密尔学校

1996　明洞圣堂 100 周年纪念现场

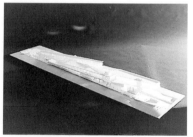

1995　约克哈马国际港口码头

1996　农家住宅计划

1995　国立中央博物馆(孙学识)

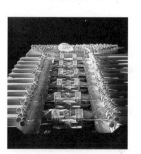

1996　复花园规划

1995　所罗门国际博物馆

1997　建国文化艺术中心 (建元)

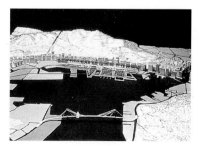

1997　高速电车釜山车站(建元)

延边技术学院图书馆规划
位置:中国延边
总面积:16 530 m²
规模:地下 2 层,地上 11 层
结构:钢筋混凝土＋钢框架结构

明洞天主教堂
位置:汉城中区明洞
占地面积:23 562 m²
建筑占地:11 229 m²
总面积:31 749 m²
结构:钢筋混凝土＋钢框架结构

标准农家住宅规划
位置:东山

复活花园
位置:京畿道汝州郡
占地面积:1 980 000 m²

建国艺术文化中心
合作者:(株)建元
位置:汉城市钟路区
占地占地:4 875 m²
建筑面积:2 618 m²
总面积:59 421 m²
规模:地下 7 层,地上 16 层
结构:钢筋混凝土＋钢框架结构

高速铁路釜山车站
合作者:高速电车工团
位置:釜山广域市东区
占地面积:316 830 m²
造景占地面积:57 144 m²
停车场:90 210m²

7-12-'86.

238